KB112302

도쿄 조선대학교 이야기

도쿄 조선대학교 이야기

양영희 장편소설

인예니 옮김

마음산책

옮긴이 **인예니**

한국에서 태어나 생의 절반을 일본에서 보낸 중간자. 원문을 해체해서 다른 재료로 같은 구조물을 짓는 작업이 번역이라고 생각한다. 자막과 각본 위주로 작업하고 있고, 이미지와 뉘앙스를 동시에 가늠하는 번역이 특기다. 옮긴 책으로 양영희의 산문집 『카메라를 끄고 씁니다』가 있다.

도쿄 조선대학교 이야기

1판 1쇄 인쇄 2023년 3월 5일
1판 1쇄 발행 2023년 3월 10일

지은이 | 양영희
옮긴이 | 인예니
펴낸이 | 정은숙
펴낸곳 | 마음산책

편집 | 성혜현 · 박선우 · 김수경 · 나한비 · 이동근
디자인 | 최정윤 · 오세라 · 차민지
마케팅 | 권혁준 · 권지원 · 김은비
경영지원 | 박지혜

등록 | 2000년 7월 28일(제2000-000237호)
주소 | (우 04043) 서울시 마포구 잔다리로3안길 20
전화 | 대표 362-1452 편집 362-1451 팩스 | 362-1455
홈페이지 | www.maumsan.com
블로그 | blog.naver.com/maumsanchaek
트위터 | twitter.com/maumsanchaek
페이스북 | facebook.com/maumsan
인스타그램 | instagram.com/maumsanchaek
전자우편 | maum@maumsan.com

ISBN 978-89-6090-800-0 03830

* 책값은 뒤표지에 있습니다.

내일은 선택의 자유가 있는 곳으로 돌아간다.

자유를 위한 고난이라면

도전해볼 가치가 있겠다는 생각이 들었다.

그리움을 담아 재현한 나의 청춘

2022년 10월, 다큐멘터리영화 〈수프와 이데올로기〉가 한국에서 공개됐다. 개봉과 동시에 첫 산문집 『카메라를 끄고 씁니다』를 일본이 아닌 한국에서 먼저 출간했다. 관객들, 독자들과 만남을 거듭하면서 다양한 이야기를 나누었다. 그중에서도 여러 번 나온 질문이 "북한을 지지하는 커뮤니티에서 나고 자란 양 감독님은 언제 어떤 계기로 자신이 처한 환경에 의문을 갖게 되었는가"였다. (2005년 다큐멘터리영화 〈디어 평양〉을 발표했을 때부터 줄곧 비슷한 질문을 받아오기도 했다.)

학창 시절의 진로지도가 계기였다고 간단히 답할 수 있다. 하지만 그 대답을 이해하기 위해서는 내가 어떤 학창 시절을 보내고 어떤 진로지도를 받았는지 부연 설명을 할 필요가 있었다.

첫 극영화 〈가족의 나라〉(2012) 시상식장에서 일본 출판사 가도카와의 편집자로부터 소설을 써보지 않겠냐는 권유를 받았다. 소재는 자유롭게 선택하라길래 망설이지 않고 대학 시절의 경험에 사랑 이야기를 섞어 쓰고 싶다고 했다.

2018년 일본에서 출간한 첫 소설 『조선대학교 이야기』는 나의 실제 체험을 바탕으로 가상의 요소를 더해 썼다. 연극을 사랑하는 대학생 주인공 박미영은 1964년생인 나 자신을 모델로 삼았고, 그녀가 청춘을 보낸 1980년대 도쿄의 모습을 그리움을 담아 충실히 재현했다.

조선대학교는 지금도 도쿄도 고다이라시에 존재한다. 한국 광주에 있는 동명의 대학교와 혼란이 없도록 한국어판의 제목을 『도쿄 조선대학교 이야기』로 정한다.

2023년 3월
양영희

시모키타자와에서 자자와 거리를 향해 걷던 박미영은 주택가에 울려 퍼지는 차임벨 〈저녁노을〉의 멜로디에 하늘을 올려다봤다.

5시인가…….

낮의 햇살에는 봄기운이 감돌지만, 해가 떨어지면 한겨울 같은 세찬 바람이 불었다. 산겐자야의 다이시도에 다다른 미영은 좁은 골목으로 들어가 작은 건물 2층에 있는 바로 뛰어 들어갔다.

가게 주인이 미소로 맞이해주었고, 미영은 안쪽 창가 카운터 석에 자리를 잡았다.

힘을 내자, 밥을 먹자! 좌우명을 중얼거리면서 칠판에 적힌 메뉴를 바라봤다.

"식욕이 돌아왔군요. 집필할 때는 얼굴색이 안 좋아서 걱정했어요."

"그동안 신세 많이 졌어요. 한밤중에 같이 수다 떨어주신 덕분에 대본을 완성했어요. 해외 배우들도 다 정해졌고, 내일부터 연습에 들어가요."

"드디어! 공연은 다음 달 말이죠? 기대되네요."

"네. 제 손을 떠난 각본은 연출가랑 배우들이 씹고 뜯고 소화하고 그러다가 똥이 돼서 나오겠죠, 하하."

3년간 데운 아이디어로 꼬박 한 달을 들여 써 내려간 대본을 똥이라 내치는 자신에게 놀랐다. 겨우 이 단계까지 왔구나 실감했다.

"우선 마스터식당이나 술집 주인을 부르는 말가 직접 짜준 생과일 칵테일이요. 샐러드랑 파스타는 알아서 주세요."

마스터는 크게 고개를 끄덕이고 과일을 골라 껍질을 벗기기 시작했다. 믹서에 갈아낸 키위와 오렌지를 정성스레 거르는 모습을 바라보고 있자니, 뼈를 깎듯 쓴 대사가 머릿속에서 널을 뛰었다. 연출가와 배우들에게 맡긴 대사는 무대에서 어떻게 승화될 것인가. 시집보낸 딸아이를 염려하는 어머니 심정이 이럴까, 하며 감상에 빠진 스스로가 조금 머쓱했다.

내일부터 연습 시작. 다섯 개 나라에서 배우 열 명을 캐스팅한 책임도 있는지라 통역 겸 잡일 담당으로 바빠질 터였다. 취기가 오르자 홀로 궐기대회라도 여는 기분이 들었다.

안쪽 테이블에서 젊은 여성들의 와자지껄한 소리가 들려왔다.

"유럽? 아님 호주? 아르바이트 열심히 해야겠네. 태국이나 베트남도 괜찮겠다. 졸업논문도 안 냈는데, 우리는 여행할 생각뿐이고⋯⋯."

졸업 여행을 준비하는 대학생들인 모양이었다.

"졸업 여행으로 해외라니, 요즘 사람들답네."

"부러울 따름이죠. 미영 씨도 졸업 여행 갔었나요?"

"네? 너무 옛날 일이라서⋯⋯ 졸업 여행이라⋯⋯."

미영은 고개를 끄덕이지도 가로젓지도 못하고 칵테일을 한 잔 더 주문했다.

맨정신으로 제 대학 생활에 대해 말할 수는 없어요, 라고 말하려다 그만뒀다.

마스터는 신선한 딸기를 믹서에 갈아 천으로 거른 뒤, 은색 셰이커에 옮겼다. 라즈베리 리큐어와 보드카를 넣고 세차게 흔들자 선홍색 칵테일이 완성됐다. 미영은 샴페인 잔에 담긴 칵테일을 꿀꺽 들이켰다. 상쾌한 단맛과 어우러진 알코올이 몸 안쪽의 긴장을 풀어줬다.

테이블에 앉은 대학생들이 마스터를 불렀다. 실례하겠다며 자리를 뜨는 뒷모습 너머로 웃음소리가 들려왔다. 그 시절 나도 저렇게 깔깔거리며 웃었던가.

30년 전? 그렇구나⋯⋯.

느닷없이 나이를 실감했다. 강렬한 기억이 되살아날 듯한 예감에 몸이 꼿꼿해졌다. 대학 시절의 추억이 단편적으로

플래시백 되더니, 기억의 앨범이 한 장씩 펼쳐지기 시작했
다. 오늘 밤에는 추억에 잠길 용기가 있었다.

차 례

"매일 하루 총화,

토요일 밤에 주 총화,

월말에 한 달 총화.

우리는 이미 참회 전문가야."

1983년, 1학년 봄

"잘못 온 것 같아."

몇 번을 지워도 다시 튀어나오는 마음의 소리. 묵직한 돌을 끌어안은 듯한 기분 탓인지 나쁜 자세로 걷고 있다는 사실을 자각하면서도 등이 펴지지 않았다. 강당에서 입학식을 치른 다음 교실에서 이뤄진 학부별 행사 때, 두꺼운 책을 받아 들자 더 움츠러들었다.

"치마저고리 입을 땐 등이 구부정해지기 쉬우니까. 허리 똑바로 펴고, 정신 바짝 차리고."

어머니의 말버릇을 떠올리면서 복근에 힘을 주고 하늘을 올려다보며 심호흡을 했다. 평소 딸의 행동거지에 주문이 많은 어머니였다.

"보도블록의 흰 선을 따라서 걸으면 안짱다리나 팔자걸음은 안 되지. 가슴 쫙 펴고 똑바로 걸어."

딸을 모델로 키울 생각이신가.

지금까지 답답하게 여겼던 잔소리였지만 오늘은 그 말조차 그리웠다. 그만큼 미영은 불안했다.

가슴팍에 끌어안은 두꺼운 세 권의 책 표지로 시선을 떨어뜨렸다.

『김일성 저작 선집 1』『친애하는 지도자 김정일 동지의 주체적 문학예술론에 대해』『주체예술론』.

아버지랑 아들 다? 좀 봐주라…….

마음속으로만 외칠 뿐, 소리 내 입 밖으로 뱉을 수 있는 장소가 아니었다. 한숨을 쉬자 등이 또 굽었다. 제목만 봐도 흥이 가셨다. 책장에 두는 것도 싫은데 오늘 밤 자습 시간부터 읽을 필독서로 지정되어 있었다.

가슴에 빨간 리본으로 만든 꽃을 단 다른 신입생들과 함께 교정으로 나온 미영은 새삼 오사카에 있는 가족들을 입학식에 부르지 않기를 잘했다고 생각했다. 누구에게도 힘내라는 말을 듣고 싶지 않았다.

"이제 행사 끝나서 해산해도 되지 않을까. 기숙사에 가도 되겠지?"

미영은 같은 학부생이자 룸메이트인 신입생에게 우리말재일조선인이 사용하는 조선말로 물었다.

"응, 저녁까지 일정이 없으니까 자유 시간일 거야."

이마가 드러나도록 머리를 묶은 그녀의 말투는 오사카 억양이 아니었다. 걸을 때 손목을 돌리며 길게 뻗은 손가락을

20

움직이는 동작을 보면, 조선 무용의 명수임이 분명했다. 미영은 미소 지으며 다른 신입생들 무리로 향하는 그녀를 '댄서'라 명명했다.

신입생들은 다소 고양된 표정으로 각자 살아온 지역의 일본 사투리와 그 억양이 섞인 우리말로 부모님이나 친구와 대화하고 있었다. 고등학생 때까지 오사카 억양의 우리말을 쓰던 미영에게 일본 각지 사투리의 특징이 밴 다양한 우리말이 오가는 모습은 놀라웠다. 마치 '재일조선어'의 사투리 지도를 보는 것 같았다.

진짜 전국의 조선고급학교조선학교의 학제는 유치반, 초급학교, 중급학교, 고급학교, 대학교로 나뉨에서 다 모였구나. 굉장하네!

한국어와도 조선어와도 다른 일본의 각 지역 억양이 섞인 '교포어'가 흥미로웠다. 미영은 대학교 안에 있는 여자 기숙사로 향했다.

민족의상인 치마저고리 교복을 입은 여학생들 중에서도 키가 168센티미터인 미영은 더 눈에 띄었다. 어머니가 만들어주신 교복은 다른 아이들과 살짝 달랐다. 검정색이 주류인 가운데, 미영의 치마는 밝은 남색이었다. 대부분이 발목까지 오는 길이였지만, 미영의 남색 치마는 무릎 길이라 종아리가 드러났다. 포니테일로 묶어 올린 곱슬머리를 찰랑이며 걸을 때면 바짝 다린 치마의 넓은 주름도 같이 나풀거렸다. 날렵한 발목에서 세 번 접은 핑크색 양말은 반짝반짝 빛나는 리갈의 검정 로퍼를 돋보이게 했다. '오사카 스타일'이라 불리는 독특한 교복 패션은 미영이 자기주장이 강한 사람이라는 인상을 주었다.

"미영 씨, 첫날부터 얼굴이 어둡네."

뒤에서 말을 걸어온 사람은 오사카조선고급학교의 동급생 리대수, 일명 아인슈타인이었다. 이과의 천재로 소문이 나면서 생긴 별명으로, 미영은 그를 '박사'라고 불렀다. 반 친구들이 책상에 만화를 그리며 낙서를 하던 고교 시절에 박사는 혼자 인수분해나 방정식을 끄적이고 있었다. 수학, 물리, 화학에 강한 박사는 국어와 영어를 잘 못해서 미영이 문과 과목 필기를 빌려주곤 했다. 둘은 언제나 함께 시험공부를 하던 친구였다.

"박사, 아직도 일본어를 쓰네! 들키면 혼나."

미영은 박사 귓가 가까이에 대고 오사카 사투리로 속삭였다.

"나는 우리말이 서툽니다. 알잖아요."

교복을 입은 박사가 웃는 얼굴로 답했다.

"연습해야 늘지. 그렇지?"

미영이 말하자 박사는 웃으며 고개를 끄덕였다.

"옷 갈아입고 밖에 커피 마시러 갈래?"

미영의 귓가에 박사가 속삭였.

"외출 금지 아냐?"

놀라는 미영에게 박사가 기세등등하게 말했다.

"방과후 '운동 외출'은 매일 저녁 6시까지 오케이. 운동복에 조깅하면 된대."

"6시 통금? 유치원생도 놀랄 지경이네."

"우리, 어마어마한 데에 왔어."

박사는 웃고 미영은 한숨지었다.

"박사, 고마워. 옷 갈아입고 산책 갔다 와야겠다. 교실에도 기숙사에도 사람이 많다 보니까 마음이 안정이 안 돼서 혼자 있고 싶네, 미안."

"알았어. 도쿄에 온 지 얼마 안 됐으니까 길 잃어버리지 않게 조심해! 교문을 나가면 오른쪽에 다마가와조스이 산책로가 있으니까 갔다 오면 좋을 거야. 운동복에다 수건이라도 목에 걸고 맨손으로 다니면 그럴듯하지 않을까? 하하!"

오사카 사투리면서도 군더더기 없이 반듯한 일본어를 구사하는 박사는, 고등학생 때도 다른 남학생들과 달리 말투가 정중했다. '우리말 100퍼센트 쓰기 운동'을 해서 모두가 우리말을 쓸 때도, 늘 일본말로 속닥거려서 선생님에게 야단을 맞았다. 반코트처럼 긴 교복 재킷에 헐렁한 통바지, 교통사고 환자의 목 깁스를 연상시키는 높다란 칼라와 새하얗게 빤 끈 없는 운동화. 이 모습이 '조고조선고급학교' 남학생의 트레이드마크였다. 그러나 박사로 말할 것 같으면 재킷 안감에

용이나 모란꽃 자수 없이, 한자로 '李大樹리대수'라는 이름만 오렌지색 실로 수놓여 있었다. 미영은 박사의 교복 핏을 좋아했다. 공붓벌레의 단정함과 불량 학생의 껄렁함을 절충한 듯한 절묘한 균형감에 감탄이 나왔다. 집단주의를 싫어하는 박사는 학급 토론회에서도 곧잘 독자적인 의견을 내놓았다. 미영은 반에서 붕 뜬 존재 같았던 박사에게 더욱 강한 친근감을 느꼈다. 박사는 평소처럼 가볍게 손을 흔들면서 일본 말로 "또 보자, 바이"라고 말한 후 남자 기숙사 쪽으로 걸어 갔다.

'조선대학교'라고 적힌 교문을 나와 오른쪽으로 돌면 나무로 뒤덮인 다마가와조스이 산책로가 이어진다. 신록의 새싹 사이로 보이는 핑크색 벚꽃 봉오리가 사랑스러웠다. 개울가에 우거진 나무와 잔디 내음이 봄의 숨결을 느끼게 했다.

미영이 자란 오사카 변두리에는 녹지대도 공원도 없었다. 미영은 맨홀과 전봇대를 진지 삼아 놀던 어린 시절을 떠올리며 햇살 사이로 지나가는 바람을 느꼈다.

개를 데리고 산책하는 노부부와 하굣길의 아이들이 서로 양보하면서 지나갔다. '로맨스 거리'라는 이름이 붙은 가로수 길은 멀게는 국립음악대학에서 무사시노미술대학, 조선대학교, 소카고등학교, 시라우메대학, 쓰다주쿠대학으로 이어졌다. 스케치북과 커다란 악기를 들고 오가는 대학생들도 적지 않았다.

미영은 운동할 마음도 없으면서 운동복 차림에 수건까지 들고 걷는 것이 우스웠고, 떳떳하지 못할 이유도 없는데 '변장'을 한 자신이 한심했다.

4년…… 버틸 수 있을까…….

몸에서 피가 빠져나가 휘청거릴 것 같았다. 학장의 인사말이 이명처럼 되풀이됐다.

'우리 문학부는 일본 각지의 초중고급 조선학교에서 재일동포 사회의 새로운 세대를 육성할 교육사업에 종사하는 우수한 교원을 양성하는 학부이며 (…) 물론, 일부 졸업생은 총련의 기본 조직과 산하기관에서 일하는 경우도 있습니다. (…) 그러나 문학부 졸업생은 대부분 교원으로 부임하여 민족교육의 발전에 인생을 바치고, 위대한 수령님과 친애하는 지도자 동지에게 충성을 다하는 총련 간부로…….'

생각만 해도 위가 욱신거렸다. 딱딱한 '혁명적 언어'는 고급학교 진로지도를 통해 귀에 익기는 했지만, '교원 양성 학부'라는 뜻밖의 말에 현기증이 일었다.

교육학부도 아니고 문학부가 교원 양성용이라니 말도 안돼! 그런 이야기, 난 못 들었다고! 선생이라니 죽어도 싫어!

마음속 비명은 발화되지 못했고, 심장 고동 소리만 쿵쿵 울렸다.

미영의 관심사는 오로지 연극과 영화였다. 조선대학교에

온 목적은 도쿄에서 4년간 마음껏 연극을 관람하고, 졸업 후에 들어갈 극단을 찾기 위해서였다. 고교 진로지도 때 자신을 괴롭혔던 선생들을 동경하는 마음은 손톱만큼도 없었다. 선생 같은 건 자기 가치관을 남에게 강요할 수 있는 오만한 종자들이나 하는 일이라고 생각했다.

입학식 당일에 타인이 진로를 결정짓는 난센스에 분노하며 계속 걸었다.

오지 말아야 할 곳에 발을 들여버린 건지도 몰라…….

문득 롤러코스터가 꼭대기에서 떨어질 때처럼 내장이 텅 비는 듯한 감각에 휩싸여 몸을 웅크렸다. 앞을 보니 운동복 차림으로 자신을 향해 뛰어오는 사람이 있었다. '조대생이면 어쩌지, 틀림없어, 속내를 들키면 곤란한데' 생각하며 일어나 평정을 가장했다.

이렇게 피곤한 산책은 난생처음이야.

가로수 길 끝에서 왼쪽으로 도니 카페 간판이 보였다. 달콤한 코코아가 마시고 싶었다. 주머니에 넣어둔 천 엔짜리 지폐를 확인하고 가게 쪽으로 걸었다. 잔잔한 음악이 흐르는 곳이길. 가사가 있는 유행가는 듣고 싶지 않았다.

'커피와 케이크 가게, 쓰타蔦'.

무거운 나무 문을 밀자 조용한 재즈가 들려왔다. 안심하면서 가게에 한 발 들이는 순간, 온몸에 긴장감이 퍼졌다. 손님은 모두 조선대학교 여학생들이었다.

운동복 차림의 2인조와 4인조 무리가 일본말과 우리말을 섞어가며 대화를 나누고 있었다. 신입생은 아닌 것 같았다. 혼자 2인용 테이블에 앉아서 잡지를 보는 사람도 있었다. 모든 손님이 순식간에 미영을 머리부터 발끝까지 핥듯이 훑어보곤, 다시 각자의 대화로 돌아갔다. '신입생이네'라는 우리말만 분명하게 알아들었다.

주눅 든 미영은 가게 주인에게 목례하고 문을 닫았다.

운동 외출이란 이런 것이었구나.

평온을 찾으려던 장소에서 쫓겨나듯 나오자 달리 갈 곳이 없었다. 대학 생활은 이제 막 시작되었을 뿐이니 너무 깊게 생각하지 말자고 자기 자신을 달랬다. 뜨거운 코코아의 달콤함이 멀어져갔다.

역 앞 '야마자키빵'에서 커피우유를 사 단숨에 들이켰다. 몸 구석구석까지 당분이 퍼지는 것 같았다.

작은 책방을 발견해, 가장 아끼는 공연 정보지 〈피아〉를 샀다. 주말에는 외출을 할 수 있고, 정당한 사유가 있으면 평일 외출도 가능할 터. 문학부 학생에게 연극과 영화 관람은 공부와 똑같은 것 아니겠는가.

오사카조고 시절, 가방에는 반드시 지역 정보지 〈L 매거진〉이 들어 있었다. 학생회 활동으로 바쁠 때도 보고 싶은 연극과 영화, 미술관과 갤러리 전시 정보에는 꼭 빨간 펜으로 표시를 해두곤 했다. 매주 도톤보리(남쪽)와 우메다(북쪽)의 극장에 드나들며 오사카에서 볼 수 있는 연극은 대부분 봤지만, 여전히 목이 말랐다.

여기는 도쿄! 대극장 뮤지컬부터 언더그라운드 천막 공연까지 다 보면 돼! 괜찮아, 괜찮아.

미영은 지역 정보지보다 두꺼운 수도권판 〈피아〉를 끌어 안았다. 그 두둑함이 도쿄에 온 자기 선택의 당위성을 증명하는 것 같았다.

대학이 힘들면 극장으로 도망치면 되지!

책방 시계가 5시 30분을 가리켰다. 미영은 손목시계도 한 번 확인한 후 학교를 향해 걷기 시작했다. 조대생으로 보이는 운동복 차림의 사람들이 서두르길래 따라갔다. 모두 손목시계를 보며 걷고 있었다. 미영도 손목시계를 보면서 성큼성큼 걸었다.

교문 앞에서 자신은 조깅 중이었다는 설정을 깨닫고 〈피아〉를 상의 속에 감췄다. 스스로도 이상하다 생각하면서 경보하듯 뛰었다.

교문 안으로 들어서고 시계를 보니 5시 55분이었다. 운동 외출 통금 시간에 겨우 맞출 수 있었다.

서둘러 여자 기숙사로 돌아갔다.

303호실 입구에 룸메이트 둘과 3학년 생활지도원이 서 있었다.

"설마 첫날부터 외출이야? 대단하네!"

새우등에 얼굴이 큰 룸메이트가 목소리를 높였다. 뭐가 대단하다는 말인지. 처음 봤을 때부터 특유의 호들갑스러운 말투가 신경을 거슬렀다. 비꼬는 건지 습관인 건지, 아무튼 사사건건 간섭해오는 통에 '시누이'라 이름 붙였다. 서둘러 〈피아〉를 개인 사물함에 숨겼다.

"배고프네. 빨리 식당 가자."

댄서가 분위기를 환기시켰다. 손가락은 여전히 미세하게 춤추고 있었다. 어릴 때 동아리 활동으로 조선 무용을 배운 미영에게는 그리운 몸짓이었다.

식당은 현관 로비에서 좌우로 나뉘어 있었다. 오른쪽이 남성 전용, 왼쪽이 여성 전용이었다. 교직원들은 모두 여성 전용 식당을 사용했다.

식판을 가져가면 식사 당번인 여학생이 국물과 반찬을 담아줬다. 밥과 김치는 자유롭게 가져다 먹을 수 있었다. "고맙습니다, 수고하셨습니다" 우리말이 오갔다.

"옆방 사람들이랑 같이 앉아요."

두 손으로 쟁반을 든 시누이가 사람들과 부딪치며 테이블 사이로 돌진했다.

"여기, 여기!"

유명 아이돌 마쓰다 세이코의 헤어스타일을 따라 한 동급생이 미영과 룸메이트를 불렀다. 광활한 대지 홋카이도에서 느긋하게 자란 사람의 여유가 흘러넘쳤다. 완벽한 드라이로 이마를 가렸고, 옆머리의 웨이브는 스프레이로 단단히 고정돼 있었다. 비바람이 몰아쳐도 헤어스타일만큼은 무너지지 않을 것 같았다.

"오사카조고 스타일로 치마를 짧게 입는 사람이 너구나."

세이코는 코를 찡긋하며 웃었다.

미영은 웃는 얼굴로 끄덕이면서 불고기 반찬과 미역이 든 '미소시루일본식 된장국'를 먹었다.

"이 식당에 조선대학교 교수 부인분들이 일하고 계셔. 진짜 어머니 손맛이라 맛있을 거야. 김치도 손수 담그신 거야."

3학년 생활지도원 선배가 스테인리스 볼에 든 김치를 앞접시에 덜어줬다.

"앗!"

미영이 작게 비명을 질렀다.

"배추김치 별로야? 오이나 무김치도 있을 텐데."

선배가 테이블들을 둘러보며 다른 김치를 찾았다.

"저기, 김치를 못 먹어서. 매운 거 잘 못 먹습니다."

"뭐? 김치를 못 먹는다고? 거짓말! 조선인인데!"

시누이는 크게 벌린 입을 양손으로 가리며 소리를 지르다 댄서가 노려보자 입을 다물었다.

"김치는 매일 나오니까 먹는 연습을 하도록 해."

연습?

어머니한테도 들어본 적 없는 강압적인 말에 미영의 위가 따끔거렸다. 좀 짜증 나는 그 선배를 '궁녀'라 명명하고, 조용히 불고기를 입으로 날랐다.

'조선인이 김치를 못 먹다니 한심하다.'

민족주의자에 재일 교포 1세인 아버지가 그렇게 말할 때마다 발끈했던 기억이 났다.

"왜 식당은 남녀 따로입니까? 옛날부터 그렇습니까?"

댄서가 궁녀에게 물었다.

"듣고 보니 그러네. 생각해본 적도 없어."

앞으로도 생각할 마음이 없는 궁녀가 말을 이어갔다.

"오늘은 일요일이라 목욕은 없습니다. 7시 15분에 베란다에서 점호를 하고 나면 공부방의 각자 위치에 앉으세요. 향후 일정과 생활 규칙에 대해 설명하겠습니다."

미영은 밥을 먹으면서 몇 번이고 손목시계를 확인해야 했다. 난생처음 하는 기숙사 생활이 시작됐음에도, 시간에 쫓겨서 눈이 팽팽 도는 것 같았다. 목욕을 할 수 없다는 사실도 견디기 힘든데 머리조차 감을 수 없다니, 여태 직면한 적이 없는 사태였다. 어젯밤 세이코가 찬물로 머리를 감을 때는 놀랐지만, 지금은 그 심정이 이해가 됐다. 기숙사에 들어오자마자 콧노래를 흥얼거리며 화장실 세면대에서 머리를 감는 대담한 세이코를 미영은 진심으로 존경했다.

조선대학교는 전원 기숙사제이므로 집에서 통학이 가능한 학생도 예외 없이 기숙사에서 생활해야 한다.

신입생들은 입학식 전날 학부별로 교실에 모여 입학식에 대한 설명을 들은 다음, 기숙사 방을 배정받았다.

3층짜리 문화주택 비슷한 목조 건물. 길쭉한 세로 형태의 방을 나무 미닫이문이 침실과 그 안쪽 공부방으로 나누고 있었다. 침실 한편에 이층 침대가 세 개 놓여 있고, 반대쪽 벽에 여섯 개의 옷장과 신발장, 세면도구용 선반이 있었다.

룸메이트들과 가위바위보로 각자 사용할 침대와 책상을 정한 뒤, 가져온 보스턴백에서 운동복을 꺼내 갈아입고 소포를 받기 위한 신입생으로 북적이는 학생과로 향했다. 집에서 보낸 이불과 소포를 확인하자 대기하고 있던 남자 선배들이 노련하게 기숙사까지 옮겨주었다. 우선 요와 이불을 침대에 펴서 잠자리를 만들었다. 침대는 대충 정리만 하고, 타인과 공유하는 안쪽 공부방 정리에 들어갔다.

공부방 안쪽 창문 위에 김일성, 김정일 부자의 초상화가 걸려 있었다. 그 아래에 난방용 히터가 있었고, 냉방 기구는 따로 없었다. 양쪽 벽에 놓인 책상 세 개 위에 책장이 있었다. 각자 구석 책상을 사용하고, 가운데 책상을 주방 대신 쓰는 것이 관례인 듯싶었다. 선배들이 남기고 간 전기포트, 토스터, 식기들에 각자 가져온 인스턴트커피와 과자, 재빠르게 매점에서 구해온 마가린과 잼도 더해졌다. 설거지용 세제와 스펀지, 그릇을 갖추면 그럭저럭 생활은 할 수 있을 것 같았다.

베란다 점호가 끝나고 같은 방을 쓰는 세 사람이 공부방 책상에 앉아 있을 무렵, 궁녀가 들어왔다.

"전원 모였어? 미영, 머리를 말릴 시간이 없었던 거야? 항상 시간을 계산하고 행동해야지. 자습 시간에 침대에서 드라이어 소리를 내면 안 되잖아?"

미영은 머리에 두르고 있던 수건을 풀고, 젖은 머리를 손가락으로 빗어서 묶었다.

"밤 11시에 '생활 총화_{자신을 반성하고 상호 비판하는 모임}'가 끝나면 자정 소등까지는 자유 시간입니다. 드라이어는 그때 쓰라."

미영은 대답하지 않았다.

짧은 머리의 시누이는 즐겁다는 듯 웃었다.

대학 생활 규칙이 인쇄된 종이를 받아 들었다. 종이에 적힌 구체적인 내용을 읽으면서 시누이는 여러 번 고개를 끄덕였고, 댄서는 한숨을 내쉬었다. 미영은 목이 바짝 탔다.

6:30 기상

6:45 안마당에서 조례, 방 청소

7:15 아침 식사

8:45 수업 시작

12:30 점심 식사

13:30 오후 수업 시작, 동아리 활동 외

16:00 운동 외출 가능(18시까지)

18:00 저녁 식사, 목욕

19:15 학부별 점호 (기숙사 베란다에 전원 대기. 우천 시 실내에서)

19:30 정치 학습(기숙사 방에서)

20:00 자습(기숙사 방에서)

23:00 하루 총화(기숙사 방에서)

24:00 소등

* 우천 시 조례는 기숙사 베란다에서 실시.

* 소등 시간 이후 자습은 대학 구내에 개방되어 있는 교실에서 실시.

* 식사는 식당에서. 한 달에 두세 번 여학생 당번제. 그 외 교실 및 욕실 청소도 당번제.

* 여학생 목욕은 격일 교대. 저학년 월수금, 고학년 화목토.

* 구내매점에 책, 학용품, 생활용품(세제, 수건, 속옷, 양말 등), 식료품(빵, 과자, 아이스크림 등) 있음. 세탁소도 있음.

* 일본 신문은 기숙사 방별로 계약해 구독할 수 있음.

* 전화는 학교 정문 옆 공중전화에서 자유 시간에 사용할 것.

* 평일 및 토요일은 외출 금지. 일요일은 조례 후부터 밤 8시까지 외출 허가. 그 외 시간에는 외출 허가 증명서에 규정 책임자의 도장을 받아 교문 수위실에 외출 허가증을 맡기고, 복귀 시 수위실에서 외출 허가증을 돌려받을 것. 외출 허가 시 기숙사 실장(각 방), 같은 학년 학부 반장 및 부반장(각 반), 학부생 책임자인 학부 위원장 또는 부위원(각 학부), 담임 교수(교원), 조대위원회 전임 지도원(생활지도), 총 5인의 도장을 받을 것. 공란이 있을 시 외출은 인정되지 않음.

* 수업 시간에는 교복을 입을 것. 남자는 학생복, 여자는 검정 혹은 남색 치마저고리.

* 남녀 모두 머리 염색과 청바지 및 청 재킷 금지.

* 여자는 화장, 바지, 미니스커트 금지. 운동복 바지는 허용.

침묵이 흘렀다. 모두 말없이 생활 규칙이 적힌 종이를 보고 있었다.

"아직 반 위원도 정해지지 않았지만, 기숙사 실장은 정할까? 어려운 거 아니야. 조례, 수업, 저녁 점호 때 출석 확인하거나 매일 총화를 진행하는 정도. 그럼 신 동무 부탁할게."

궁녀의 지명을 받은 댄서가 흔쾌히 받아들였다. 미영은 호들갑스럽게 박수를 치는 시누이가 성가시다고 생각하면서도 안심했다.

"이것이 외출 허가증입니다."

여권보다 조금 작은 크기였다. 반으로 접은 파란색 종이 표지에 우리말로 '외출 허가증'이라고 적혀 있었다. 안에는 날짜, 요일, 희망 시간, 장소, 사유 기입란이 있고 옆에 도장을 찍는 칸이 다섯 개 있었다. 외출 허가 도장은 기숙사 실장부터 순서대로 받으라고 궁녀가 설명했다. 댄서가 곤란하다는 듯 웃었다.

"오늘은 이만할까. 내일은 일요일이니 조금 늦은 조례 후에 아침 8시부터 밤 8시까지 외출할 수 있습니다. 질문 있습니까?"

룸메이트들은 고개를 가로저으며 자리를 떴다. 궁녀도 현관에서 신발을 신고 있었다.

머릿속이 수많은 질문으로 폭발할 지경이었다.

"일본 서적은 금지입니까?"

미영의 질문에 댄서도 관심을 보였다. 시누이도 귀를 쫑긋거리는 것을 알 수 있었다. 베란다에 있던 세이코도 문을 열고 슬쩍 고개를 내밀었다.

"소설이나 문학 전문지는 괜찮습니다. 패션지나 주간지는 몰수합니다."

"몰수라고요?"

나중에 뒷말이 나오면 곤란하겠다고 생각한 미영은 책장에 있던 잡지 〈테아트로〉〈신극〉〈헤르메스〉와 옷장에 숨겨 두었던 〈피아〉를 궁녀에게 내밀었다.

"정기 구독을 하고 있습니다. 문학과 연극 관련 잡지는 문제없다고 생각합니다."

댄서와 세이코는 그것들을 신기하다는 듯 바라봤다.

"재미있는 것들이네요. 허가하지만 지정 도서부터 읽으세요. 일단 학부에 보고하겠습니다."

"성인잡지는 어디서 보면 되나요? 막 이래!"

방 입구에 서서 질문을 던진 세이코가 코에 주름을 지으며 웃었나.

"추잡한 잡지가 발각될 시에는 자기 총화가 기다리고 있습니다."

신입생들의 긴장한 표정을 본 궁녀는 큰 소리로 웃으며 방에서 나갔다.

"농담이 안 통하네."

궁녀와 교대하듯이 방으로 들어온 세이코에게 댄서가 잡지를 휘리릭 넘기며 보여줬다.

"빨간 펜으로 표시한 것들은 다 본 거야? 앞으로 볼 것들이야?"

댄서가 물었다.

"시간이랑 돈에 한계가 있지만, 보고 싶은 건 일단 다 표시하고 기사를 읽어봐. 도쿄에는 연극 공연장이랑 영화관이 많아서 꿈만 같아. 티켓값 때문에 아르바이트를 하려고 했는데, 금지라니."

"기숙사 제도가 있는 조직 생활에 아르바이트라니 말도 안 돼."

시누이는 차갑게 내뱉고 침대에 누워 커튼을 쳤다.

"느긋하게 생각하면 돼, 아직 첫째 날이니까."

댄서 말대로다. 아직 첫째 날이었다.

기상 시간보다 일찍 눈이 떠졌다. 몸을 움직일 때마다 침대가 삐걱삐걱 소리를 냈다.

아래쪽을 들여다보니 댄서가 곤히 잠들어 있었다. 깨우고 싶지 않아서 잠시 가만히 있었다. 그때, 귀를 틀어막고 싶어지는 요란한 소리가 벽에 비치된 스피커에서 흘러나왔다. 방송 사고에 가까운 음량으로 북조선의 행진곡이 시작되더니, 곧이어 혼성 합창단이 부르는 전투곡이 지독한 소음과 더불어 울려 퍼졌다.

"시끄러워!"

댄서가 스피커에 대고 외치자 시누이도 침대에서 나왔다.

미영은 혁명적인 행진곡에 쫓기듯 채비를 했다. 머리에 말았던 헤어 롤을 빼고 서둘러 포니테일로 묶었다. 안마당 조례는 원칙적으로 학부별 정렬이었다. 지각하면 연대책임을 지기 때문에 우물쭈물할 시간이 없었다.

조선대학교 중심에는 연구당 건물 두 동이 나란히 자리한다. 수업은 이곳에서 진행된다. 연구당 앞의 분수 광장을 안마당이라 부르고, 그 주변에 도서관과 대강당이 있다. 부지 안쪽에는 축구부와 럭비부가 사용하는 운동장과 남자 기숙사가 있다.

수업 시작 전, 아침 8시 30분 무렵이면 기숙사에서 나온 교복 차림의 학생들이 연구당으로 향한다. 미영은 치마저고리에 얇은 라코스테 카디건을 걸치고, 머리에는 남색 벨벳 리본을 달았다. 품에는 북 벨트로 묶은 교과서와 대학 노트, 〈테아트로〉, 가숙 필통을 안고 있었다.

미영은 제2연구당 2층으로 올라갔다. 콘크리트 계단과 복도가 길게 빛나는 차가운 느낌의 건물이었다. 고급학교 때부터 입어서 익숙한 교복이었지만, 지금은 입는 사람의 나이대가 달랐다. 교복 차림으로 복도에서 버젓이 담배를 피우는 이들이 신기했다.

203호 교실.

검은 철문을 열었다. 작은 교실은 문학부 1학년 스물다섯 명이면 꽉 차는 크기였다.

입학식 날부터 반장처럼 반을 이끌고 있는 백순창이 이름이 적힌 메모를 보며 출석 체크를 하고 있었다.

"박미영이구나, 안녕."

미영은 갑자기 이름이 불려서 놀랐다. 목례를 하고 맨 뒷자리 창가에 앉았다. 백순창은 동급생이라기보다 담임선생님 같았다.

일본 드라마에 나오는 호랑이 선생님, '긴파치 선생님' 같아. 긴파치.

또 한 명, 별명이 정해졌다.

"성진, 미안하지만 정수 좀 깨워줄래? 수업 첫날부터 늦잠 자느라 결석하면 안 되잖아. 네가 기숙사 실장이니까, 부탁한다."

긴파치는 미안하다는 제스처와 함께 길쭉한 얼굴에 짙은 구레나룻이 특징인 김성진에게 말했다.

김성진, 너는 괴도 루팡!

루팡은 마지못해 교실에서 나가 복도를 달려갔다. 교복 단추를 세 개 푼 가슴에 빨강과 노랑 줄무늬 럭비복이 보였다.

화사한 치마저고리 차림의 교수가 루팡과 교대하듯이 들어왔다. 미영은 서둘러 1교시 '조선문학사 1'의 교과서와 노트를 책상 위에 올렸다.

비단으로 만든 푸른 꽃무늬 치마저고리를 입은 교수는 약간 각진 얼굴의 고풍스러운 미인이었다. 오십대 후반으로 보이지만 투명한 흰 피부에 짧은 머리가 잘 어울렸다. 왼손 약지에는 은반지가 빛나고 있었다.

저 하얀 피부 좀 봐! 미세스 화이트!

미영은 저고리 옷깃 언저리의 하얀 목덜미와 쇄골을 바라보며, 보이지 않는 가슴팍의 살결도 분명 눈처럼 새하얗겠지

상상했다.

"기립할까요."

미세스 화이트가 웃으며 말했다.

모두 일어섰다. 미영은 창밖으로 시선을 옮겼다. 연구당 뒤에 2미터 높이의 콘크리트 담장이 있고, 담장 너머 너른 부지에도 학교 같아 보이는 건물이 여러 채 들어서 있었다. 주위에 고층 빌딩이 없어서 하늘이 넓어 보였다.

서 성노년 대학 캠퍼스인가?

학교로 보이는 건물 옥상에 청바지 차림의 남녀가 대자로 누워서 잡담을 나누고 있었다.

왠지 자유로워 보이네. 좋겠다…….

미영은 부러운 마음으로 이웃들을 바라봤다.

"앉아도 됩니다."

미세스 화이트의 우리말에 정신이 들어 자리에 앉았다.

그때 루팡이 잠꾸러기를 데리고 교실로 돌아왔다. 머리가 헝클어진 잠꾸러기는 아직 교과서도 사지 않은 건지, 노트와 볼펜 한 자루만 들고 겸연쩍은 듯 서 있었다.

"우리말에는 시작이 결과의 반 이상을 말해준다는 뜻의 속담이 있지요. 알고 있습니까?"

"시자기 초루반이다(시작이 절반이다)."

잠꾸러기가 서툰 우리말 발음으로 대답했다. 미세스 화이트는 잠꾸러기의 이름과 출신 학교, 문학부를 선택한 동기와 장래 희망 등에 대해 묻고, 조직 생활의 중요성과 문학부의 역할에 대해 설파하기 시작했다.

대학이 아니라 유치원이구만.

미영은 잠꾸러기의 태도보다 교수의 과보호하는 듯한 태도에 더 말문이 막혔다.

"'조선문학사 1'에서는 위대한 김일성 수령님께서 일본제국주의에 맞서 싸우신 항일 빨치산 투쟁 시대를 그린 작품들에 대하여 배울 것입니다. 조국에서도 그렇습니다만, 우리는 이를 '항일 무장투쟁 문학'이라 합니다. 위대하신 수령님과 함께 항일 무장투쟁에 목숨을 바친 영웅들의 이름을 알고 있습니까?"

미세스 화이트의 시선을 피하려고 모두 딴청을 피우거나 고개를 숙였다.

"김혁 동지, 차광수 동지, 그리고……."

지목도 받지 않은 시누이가 기쁘다는 듯이 대답했다. '김일성 원수 혁명 력사'의 교과서에 나오는 이름들을 마치 아는 사람인 양 동지라고 부르는 시누이는 들떠 보였다.

"필독서는 매점에서 판매하고 있습니다. 구입하거나 상급생에게 빌려서 읽도록 하시오. 소설 제목을 적겠습니다."

모두 칠판에 쓰인 제목을 노트에 받아 적었다.

『인민의 자유와 해방을 위하여』 『태양을 바라보고』 『압록강』…….

야간 정치 학습 시간에 '김일성 저작 선집 시리즈'와 혁명 문학을 읽는 나날이 시작되겠구나 생각하며 샤프를 움직였다. 기분이 처졌다.

쉬는 시간에 연극 잡지 〈테아트로〉를 읽기 시작한 미영의 등 뒤로 세이코가 나타났다. 세이코는 입을 오물거리면서 미영의 어깨 너머로 〈테아트로〉를 들여다보며 눈을 빛냈다.

"재미있어?"

"응. 고등학생 때부터 매달 읽었거든."

"흠, 특이하네."

세이코는 코를 찡긋하며 웃고, 사이코로 캐러멜홋카이도의 유명한 주사위 모양 캐러멜을 두고 갔다.

미영은 네모나고 커다란 캐러멜을 입에 넣고 다시 잡지를 읽기 시작했다.

2교시인 '외국문학 1'도 같은 교실이었다. 담당 교수가 들어왔는데도 〈테아트로〉에 몰입해 있던 미영은 댄서가 어깨를 두드리자 당황해서 일어섰다. 에헴! 교수가 헛기침을 하니 머리가 아래를 향하면서 대머리 바코드가 망가지고, 얼마 남지 않은 머리숱이 넓은 이마로 흩어졌다. 그 머리를 1 대 9로 되돌리려는 모습에 웃음이 나왔다. 만난 지 10초 만에 별명은 바코드로 결정됐다.

"안녕하세요. 이름을 부르면 거수하고 대답하도록. 얼굴을 외워야 하니까. 앉아도 됩니다."

바코드는 호명에 대답하는 학생들의 특징을 적는 것 같았다.

출석을 부르고 나서는 칠판에 자신의 이름을 크게 썼다.

"제 이름은 김성주입니다."

그러면서 귓불을 만지고 1 대 9로 나눈 머리를 반복해서 손바닥으로 눌렀다.

"말도 안 돼! 위대하신 수령님의 어린 시절 이름과 똑같다니! 굉장하다!"

시누이가 특종이라도 딴 것처럼 외쳤다.

"한자는 다르니까 소란 떨 일은 아닙니다."

"선생님 한자는 무슨 자입니까? 수령님은 '金成柱'입니다."

"시, 끄, 러, 워!"

댄서가 시누이를 쿡 찔렀다.

"'성' 자는 같고, '주' 자는 '周'입니다. 뭐, 제 이름 이야기는 이만 됐고요."

주석님과 내 이름을 비교할 수는 없으니 그만 좀 하라는 듯 바코드는 화제를 돌렸다.

"자네들이 지금까지 어떤 외국 문학을 읽었는지를 좀 알고 싶군요. 시험이 아니니까 못 써도 상관없어요."

설문지 같은 종이가 배부됐다. 성명, 출신 학교 아래에 이러한 문장이 있었다.

　　* 지금까지 읽은 외국 문학(소설, 희곡)의 제목을 쓰시오.

　미영은 생각나는 대로 작품 제목과 작가 이름을 떠올리며, 좋아하는 연극 대사를 써나갔다. 바코드가 용지를 회수하면서 입을 열었다.

　"외국 문학이라고 해도 여러 가지 있습니다. 톨스토이, 고리키, 셰익스피어, 체호프…… 그중에서도 제가 사랑해 마지 않는 것은 뭐니 뭐니 해도 펄 벅의 『대지』지요."

　바코드는 학생들과 시선을 맞추지 않은 채 허공을 보면서 귓불을 만지고 머리를 쓰다듬으며, 고양된 목소리로 도도하게 『대지』에 대해 논하기 시작했다. 바코드의 목소리가 마치 자장가 같아서 학생들은 하나둘 침몰해갔다.

　일요일 아침, 미영은 기숙사에서 인스턴트커피를 마시며 〈피아〉를 읽고 있었다. 이번 달 용돈 가운데 티켓에 쓸 수 있는 금액을 계산해보니 한숨이 나왔다. 그때 문학부 4학년 리화미가 303호실을 찾아왔다.

　"안녕. 박미영이라고 여기 있지?"

　"네, 저입니다."

　미영은 묵례했다.

"문학부 신입생 환영회에서 봤었는데, 나 누군지 알겠어?"

또렷한 이목구비에 쇼트커트가 잘 어울리는 리화미는 운동복 차림일 때도 도시적인 세련미가 감돌아 똑똑히 기억하고 있었다.

"갑작스럽지만, 오늘 연극 보러 가지 않을래?"

"네?"

"너 연극 좋아한다며? 〈테아트로〉를 들고 다니는 신입생은 문학부 사상 처음이라고 교수님들이 놀라시더라. 학부에서는 이미 유명하지."

어안이 벙벙한 미영의 옆에서 댄서가 싱글벙글 웃었다.

"내 도쿄조고 동창 중에 일본 극단에 들어간 친구가 있거든. 걔가 주연을 맡은 기념으로 티켓을 샀는데, 기왕이면 연극 팬을 초대할까 해서. 제일 위에 있는 이름이 내 친구, 배용주."

미영은 공연 전단지를 받아 들었다.

"가겠습니다! 빨리 갈아입겠습니다! 고맙습니다!"

미영은 전단지를 보지도 않고 즉답했다.

"좋아! 그럼 한 시간 후에 정문에서 봐. 연극 보고 저녁 먹고 들어오자. 이따 봐."

리화미에게 고개를 꾸벅 숙인 미영은 우주에 붕 뜬 기분이었다.

출연자 이름 맨 위에 '주연 배용주'라는 재일조선인 이름이 있었다.

"역시 도쿄는 뭐가 달라도 다르구나. 조고 출신에 본명으로 주연을 맡다니!"

"용주 선배, 주인공이 됐네. 화미 선배 멋있지? 아버지가 유명한 불고기 체인점 사장님이셔. 삼촌은 파친코 체인점 사장님이고."

"와, 도쿄는 정말 멋있어."

오사카 출신인 자신이 더없이 촌스럽게 느껴졌다.

스톤 워시 가공을 한 갈색 롱 코트를 걸친 미영이 포니테일을 흔들며 정문으로 뛰어가자 리화미가 기다리고 있었다.

"신입생과 외출입니까? 통금 시간 엄수하도록!"

수위실에서 곱슬머리 남자가 외쳤다. 리화미는 안 들리는 척 지나쳤다.

"정치경제학부 4학년 명물이야. 맨날 '조선 여성답게'라고 덧붙이는 조선 시대 화석 같은 놈이지."

두 사람은 얼굴을 마주 보고 웃었다.

정문에서 똑바로 난 아스팔트 길을 따라 걸었다. 50미터 정도 가면 슈퍼마켓과 라멘집이 있고, 그 앞에 '조선대학교'라는 버스 정류장이 있었다. 외출하는 사복 차림의 조대생들이 줄 서 있었다. 청바지가 금지되어 비교적 단정한 차림이었다. 여학생은 모두 치마를 입고 있었다.

"화미 선배, 여기 라멘 맛있어요?"

"'주반+番'은 옛날부터 남학생들만 다니는 데야. 조대 여학생들은 갈 수 없는 곳처럼 인식되어버려서, 졸업 기념으로 먹으러 가는 여자애들도 있대. 나도 가본 적 없어."

미영이 '영업 11시~25시'라는 벽보를 보고 있자니, 운동복 차림의 남자들이 노렌영업 중임을 알리기 위해 주로 가게 입구에 걸어두는 천막 형태의 간판을 젖히고 안으로 사라졌다. 환풍기 너머 면을 삶는 냄새가 풍겨 왔다.

두 사람은 고쿠분지역을 향해 달리는 세이부버스 뒷문 옆에 섰다.

'조선대학교 앞' 한 정거장 전인 '무사시노미술대학'에서 탔는지, 스케치북을 들고 있는 사람들이 있었다. 소카고등학교, 시라우메대학, 쓰다주쿠대학. 버스가 정류장에 설 때마다 대학생들이 밀려들었다. 청바지 차림인 그들이 부러웠다.

"버스에서도 일본어는 안 쓰는 게 좋을 거야. 조대위원회나 생활지도원에게 신고하는 사람들이 있으니까. 다카노다이, 고쿠분지, 다치카와까지는 그냥 학교 안이라고 생각하는 쪽이 마음 편해. 금방 익숙해질 거야."

리화미는 놀라서 벙쪄버린 신입생이 딱하다는 듯 웃었다.

눈앞에 있는 다른 대학교 학생들의 일상에는 어떤 규칙이 있을까? 기숙사 생활? 통학? 통금은?

이들과 직접 이야기를 할 기회가 있을까? 마치 자신이 특수한 시설에 격리되어 있는 듯 숨이 막힐 것만 같았다.

롯폰기에 위치한 하이유자극장俳優座劇場은 미영이 연극 잡지에서만 보던 꿈의 장소였다. 건물을 바라보면서 극단 하이유자 창설자인 센다 고레야의 이름이 '코리아'에서 유래했다는 사실을 떠올리고는 친근감을 느꼈다. 극장 건물 1층에 있는 영국식 펍 '허브HUB'는 대낮부터 발 디딜 틈 없이 북적였다. 연극 관람 전에 영국식 펍에서 맥주를 즐기다니, 도쿄는 꼭 무슨 외국 같네. 펍을 바라보다 입구 옆에 놓인 입간판을 발견했다.

'극단 도쿄연극조東京芝居組, 아널드 웨스커의 〈키친〉, 주연 배용주.'

만난 적도 없는 사람인데 마치 가족처럼 자랑스러웠다. 미영은 중학생 때부터 연극을 보러 다녔지만, 대형 극장의 전단지에서 조선인 이름을 보는 것은 처음이었다.

"도쿄는 진짜 대단하구나!"

진로지도 때 선생들과 싸워가면서 상경을 포기하지 않은 자신이 옳았다는 확신이 들었다.

"미영? 눈이 빨갛네. 롯폰기 첫 방문에 감동했어?"

전단지를 보는 미영을 리화미가 놀렸다.

주연배우에게 산 티켓답게 두 사람의 좌석은 1층 가운데 있었다. 무대의 막이 올라가 있고, 주방 세트가 꾸며져 있었다. 바로 몇 시간 전까지 요리사들이 실제로 일했을 것만 같은 리얼한 세트였다. 냄비, 프라이팬, 도마 등 크고 작은 조리 기구가 빽빽하게 놓여 있었다. 잠시 무대에 홀려 있던 미영은 지금까지 본 연극과 영화에 대해 이야기하기 시작했다. 하이유자, 민게이民藝, 무메이주쿠無名塾 등의 신극뿐 아니라 유메노유민샤夢の遊眠社나 다이산부타이第三舞臺 같은 새로운 극단에 이르기까지 화제가 끊일 줄 몰랐다. 롯폰기까지 나와서야 겨우 긴장이 풀렸는지, 자신들이 일본어로 대화를 주고받는 게 신기했다. 두 사람은 영화 〈크레이머 대 크레이머〉를 보고 엉엉 울었다는 말에 한껏 달아올랐다. 미영이 재결성한 사이먼 앤 가펑클 콘서트에 치마저고리 교복 차림으로 달려갔던 이야기를 하자 리화미의 눈이 커지기도 했다.

공연의 시작을 알리는 벨 소리가 울렸다. 음악이 흐르고 객석의 조명이 꺼지고 무대 위 주방에 조명이 비췄다. 오픈 전인 레스토랑에 요리사와 웨이트리스, 지배인이 출근해 장사 준비를 했다. 영업이 시작되자 레스토랑은 붐비고 주문이 밀려들었다. 사람들은 점점 배려심을 잃고 히스테리를 부리며 이기적으로 변해갔다. 세트 전환 없이 그려내는 레스토랑의 하룻밤에 대도시에서 살아가는 인간 군상의 고독과 외로움, 이기심과 광기가 여과 없이 드러났다.

주연으로 셰프 역을 맡은 배용주는 칼 다루는 솜씨도 훌

륭했고, 압도적인 열연을 펼쳤다.

갈채를 받으며 인사하는 배우진 한가운데 선 배용주에게 미영과 리화미도 아낌없는 박수를 보냈다. 세 번의 커튼콜이 끝나고 나서야 객석이 밝아졌다.

"기왕 왔으니까 대기실에 인사하러 가자."

리화미를 따라 로비로 나온 미영은 연극 무대나 영화, 텔레비전에 출연하는 배우들을 여럿 발견했다.

도쿄에서는 전문 배우들이 연극을 보러 오는구나…….

미영은 긴장감이 팽팽한 로비의 공기에 얼떨떨했다.

두 사람이 대기실 복도에서 기다리고 있자, 티셔츠 차림의 배용주가 나타났다. 막 분장을 지운 듯, 젖은 머리에 해적처럼 수건을 두르고 있었다.

"용주 축하해! 수고했어!"

리화미가 말을 걸었고, 미영은 고개 숙여 인사했다.

"이쪽은 우리 문학부 1학년 박미영, 학부에서 유명한 연극광이야."

"머나먼 고다이라에서 오신 것을 환영합니다."

조선고급학교 출신인 배용주는 조선대학교의 위치를 잘 알고 있었다.

"저, 연극의 길을 걸을 겁니다! 제작이든 소품이든 연극과 관련된 일을 하고 싶습니다! 오늘 정말 감동했습니다!"

미영의 '자기소개'는 영혼의 절규처럼 들렸다.

"든든하네! 내일은 월요일이라 공연이 없어서 술 마시러 갈 건데, 화미도 오랜만에 한잔하지? 옆 건물 지하에 있는 돈조코どん底'밑바닥'이라는 뜻. 나도 옷 갈아입고 금방 갈 거야. 아, 후배님도 같이."

하이유자극장의 주연배우와 직접 대화를 나눌 수 있다니, 꿈만 같은 유혹으로 들렸다.

"통금 8시야. 고다이라까지 가야 해서 무리."

미영이 그러겠다고 대답하려 했는데, 리화미가 냉정하게 거절했다.

"야, 수도원 수녀님. 뭐, 할 수 없지. 오늘 와줘서 고맙다."

배용주가 친구의 어깨를 두드리면서 미영 앞에 섰다.

"언젠가 함께 연극하자."

"예!"

미영은 깊이 허리를 숙였다.

하이유자극장을 나와 히비야선 롯폰기역으로 직행했다. 롯폰기의 밤은 지금부터라는 듯 역 주변이 활기를 띠기 시작했다.

"우선 다카노다이나 고쿠분지에 가서 밥 먹을까?"

미영은 리화미의 말은 뒷전이고 생각에 잠긴 모양새였다.

"저, 돈조코에 가보려고요! 아주 잠깐이라도 배우분들과 이야기해보고 싶어요. 죄송합니다. 통금 시간까지는 돌아갈 게요."

"시간이 별로 없어. 도쿄 전철도 안 익숙할 텐데 괜찮겠어? 곤란하네……."

리화미는 미간을 찌푸리며 손목시계를 봤다.

"연극을 보고 나서 어디로 갔는지 모르겠다고 해주세요. 서와는 극장에서 헤어진 걸로."

"그게 아니라 혼자 돌아올 수 있을지 걱정돼서 그러지."

"〈피아〉에 전철 노선도가 실려 있어요. 제멋대로 죄송해요. 정말 괜찮아요."

미영은 이미 달리기 시작했다. 방금 내려온 역 계단을 뛰어올라가 하이유자극장 앞에 섰다. 주위 건물을 둘러보며 '돈조코'라는 간판을 찾았다.

"저기 있다!"

가방에서 〈피아〉를 꺼냈다. '도쿄 노선도'를 펼쳐 8시까지 학교로 돌아갈 방법을 궁리해봤지만, 이 도시가 익숙하지 않은 미영에게는 속수무책이었다.

배용주 씨에게 최단 루트를 물어보면 될 거야!

서둘러 계단을 내려갔다.

손님이 가득한 선술집의 활기에 주눅 든 채 배용주를 찾았다.

"연극조는 안쪽 계단을 내려가셔서 다다미 방이요."

바삐 생맥주를 나르는 여자 점원이 시원스레 대답했다.

미영은 자신이 연극 〈키친〉 무대에 오른 듯한 착각에 빠지며 술과 담배, 튀김 냄새가 뒤섞인 공기에 가벼운 현기증을 느꼈다.

"여러분, 자기소개 감사드립니다! 극단 도쿄연극조 〈키친〉, 이제 중반에 접어들었습니다. 티켓은 매진되었고 신문 잡지도 호평 일색이라 행복합니다. 주연으로서 마지막까지……."

인사를 이어가던 배용주는 계단 옆에 멍하니 서 있는 미영에게 눈짓을 보냈다.

"마지막까지 건투를 빌며! 건배!"

맥주잔을 든 배용주가 사람들과 건배하면서 미영 쪽으로 다가왔다.

"뻔뻔하게 찾아왔습니다. 이렇게나 많은 분이 계실 줄은…… 제가 낄 자리가 아니었군요. 죄송합니다."

"괜찮아. 혼자 왔어?"

"네. 말씀 나누고 싶어서요. 도쿄의 극장도 롯폰기도 처음이라서."

배용주는 황송해하는 미영을 테이블로 데려가 사람들에게 소개했다.

"이쪽은 원수 야스다 기요미. 분가쿠자文學座 연구생이고 이 친구도 자이니치야."

"박미영입니다. 조선대학교 문학부 1학년입니다."

미영은 자기소개를 하고 손목시계를 봤다.

"기요라고 해, 잘 부탁해. 조선? 대? 학교? 대학도 있다니 몰랐네. 아, 난 용주랑 달리 쭉 일본 학교 다녔거든. 그럼 우리말이랄까, 한국말 할 수 있겠네?"

"일단은요. 저기, 여기서 고쿠분지까지 얼마나 걸리나요?"

아무튼 시간이 궁금했다.

"통금이 있나 그랬시. 기요가 솜 알아봐줘. 이 친구 기숙사에 돌아가야 해서. 뭐, 우선 맥주라도 마셔."

배용주는 미영의 잔에 맥주를 따라준 뒤 건배하고 다른 테이블로 가버렸다.

"주인공이다 보니 인사하느라 바빠. 저러다 올 거야. 통금은 몇 시?"

"8시요."

"8시? 저녁?"

미영은 고개를 살짝 끄덕이며 〈피아〉 노선도에서 고쿠분지역을 가리켰다.

"역에서 멀어?"

울음을 터뜨릴 것 같은 얼굴로 크게 끄덕였다.

"안 되겠네. 15분 후에는 나가야겠다. 늦으면 곤란하니?"

기요가 물음표를 던질 때마다 기분이 가라앉았다. 동시에 배에서 꼬르륵 소리가 울렸다.

"미안합니다!"

진지하게 사과하는 미영을 보고 기요가 웃음을 터뜨렸다.

"어쩌겠어, 15분 후에 생각하자. 맥주가 별로면 사와 마실래? 여기요, 자몽 사와 하나 빨리 주세요!"

기요의 시원시원한 판단력에 놀라면서 좋아하는 과일 이름에 안심했다. 주변을 가득 채운 연극에 관한 담론이 좋았다. 차가운 사와를 단숨에 들이켜자, 냉기가 긴장으로 달아오른 몸에 착 스며들었다. 주스인지 술인지 알 수 없지만 아무튼 맛있었다.

의상 스태프가 앞치마와 행주에 더럽고 낡은 느낌을 살리기 위해 고생했다고 말했다. 그 옆에서 어제 관람한 다른 연극 이야기를 하는 사람도 있었다. 조금 떨어진 자리에서 배용주와 다른 배우가 대사의 '틈'과 싸움 신에 대해 이야기하고 있었다. 현장에서 경험을 쌓는 사람들의 생생한 증언은 모두 공부가 됐다. 미영은 귀에 들려오는 대화를 전부 노트에 적고 싶은 충동을 억누르면서, 자신이 연극의 세계에 닿아 있다는 실감에 가슴이 떨렸다.

"내 본명은 안성미. 고등학교 졸업한 다음 해에 배우 다이치 기와코 씨한테 반해서 분가쿠자에 들어왔어. 조선 이름으로 주인공을 따내다니 용주는 대단해. 발탁된 이유가 싸움 장면 덕인 것 같긴 해도. 조고 시절에 고쿠시칸대학교 학생을 상대로 꽤나 날뛰었나 보더라고. 하하!"

기요가 맥주를 마시며 담배에 불을 붙였다. 필터 부분에 빨간 립스틱이 묻었다.

"내 욕 하는 거야?"

기분 좋아 보이는 배용주가 돌아왔다.

"배용주 씨는 본명과 통명通名재일 교포가 일본인처럼 보이기 위해서 사용하는 일본식 이름, 어느 쪽을 쓸까 고민하지 않았나요?"

미영은 전단지를 보았을 때부터 쭉 마음속에 있던 질문을 꺼냈다.

"그걸 고민 안 하는 자이니치가 어디 있겠어? 늘 고민하지. 일할 때는 일본 이름을 쓰라 그러고, 주차위반으로 붙잡히면 경찰은 누가 통명을 물었냐 본명을 대라고 소리를 지르고, 대체 어쩌라는 건지. 그렇지만 어느 쪽을 쓸지는 내가 결정하고 싶어. 내 이름이니까."

맥주를 기세 좋게 넘긴 용주가 말을 이었다.

"저번에 드라마 섭외가 들어왔는데 일본 이름을 쓰면 출연시켜준다더라. 그 피디, 너무 노골적이라서 빵 터졌네. 그런 놈한테 아부하는 건 뭣 같아서 거절했지. 그래서 영원히 술집에서 아르바이트 신세."

옆에서 듣던 오키나와 출신 배우는 오키나와스럽지 않은 이름으로 바꾸라는 충고를 들었다고 토로했다. 미영은 이야기를 들으면서 화가 나거나 생각에 잠기거나 울고 싶어지느라 바빴다.

"다음에 아르바이트하는 데 놀러와. 손님도 그렇고 점원 중에도 연극 관계자가 많거든. 괜찮아, 스폰서한테 받은 돈으로 기요가 쏠 거야."

"어머, 실례야! 나 일하거든? 부모님 집에 돈도 안 내고 얹혀사는 인간이 지방에서 온 사람의 설움을 알아? 아저씨들한테 애교 부리는 거 보통 일 아니다?"

"알지, 그 돈으로 티켓을 더 많이 사주셔서 감사합니다."

배용주는 기요의 컵에 맥주를 따랐다.

"술집인가요?"

"아카사카에서 호스티스. 도쿄에 방 얻어서 연기자로 먹고살려면 그거 아니고는 무리지."

미영은 '넌 그렇게 할 수 있니?'라는 질문을 받은 듯한 느낌이었다. 기가 죽은 스스로가 조금 한심했다. 문득 벽에 걸린 시계가 눈에 들어왔다.

"아!"

소리를 지르며 손목시계를 보니 9시가 지나 있었다.

"죄송해요. 저, 이만 가야……."

"아, 통금이랬지. 기왕에 늦은 거 밥이나 먹고 가."

기요가 주먹밥을 주문하려고 했다.

"가야 돼요. 말씀 도중에 죄송합니다. 오늘 즐거웠습니다."

"학교 정말 엄격하구나. 바래다줄게."

기요와 배용주가 건물 밖까지 함께 나왔다.

"화미한테 안부 전해주고. 언젠가 연극 판에서 같이 일할 수 있으면 좋겠다."

"고맙습니다! 오늘 밤은 평생 잊지 않겠습니다!"

미영은 깊숙하게 허리를 숙이고 손을 흔들면서 롯폰기역을 향해 달렸다.

낯선 도쿄의 지하철. 히비야선으로 에비스까지 가서 국철로 갈아타는 노선을 택했다. 이렇게 하면 고구분지역에서 학교까지 가는 버스가 있으므로, 세이부선 다카노다이역에서 학교까지 어두운 밤길을 걷지 않아도 됐다. 신주쿠역에서 주오선으로 갈아탈 때 빈속에 마신 사와 몇 잔에 취했음을 깨달았다. 룸메이트에게 할 변명을 생각했다. 동시에 불안해한다고 달라질 것도 없으니, 다시 돈조코로 돌아가고 싶다는 마음도 들었다.

신주쿠역에서 많은 사람이 내리고 또 탔다. 나카노, 고엔지, 기치조지, 생소한 역 이름이 계속 이어지며 점점 도심에서 멀어져갔다. 고다이라는 아득하게 멀고, 도쿄는 넓다는 사실을 실감했다.

11시가 지났다. 주오선 고쿠분지역에 도착한 미영은 버스 정류장까지 필사적으로 달렸다. 세이부버스 정류장은 고쿠분지역 북쪽 출구에서 조금 떨어진 곳에 있었다. 정류장까지 가는 길에 사람이 보이지 않자 불안해져서 더욱 죽어라 뛰었다.

도착한 버스 정류장에는 사람도 버스도 없었다. 가로등 아래에 시간표만 덩그러니 있었다. 침침한 불빛 아래 눈을 가늘게 뜨고 매직으로 쓴 시간표를 봤다. 평일 막차는 10시대, 일요일과 공휴일은 9시대였다.

시골이구나. 기껏 열심히 달려왔는데…….

주위를 둘러보았지만 아무도 없었다. 마음을 고쳐먹고 역 앞 택시승강장으로 돌아갔다. 다행히 택시가 몇 대 있었다.

"조선대학교까지 부탁드릴게요."

운전기사에게 행선지를 말하고 뒷좌석에 쓰러졌다. 택시 요금이 얼마나 나올지 몰랐기 때문에 돈이 부족하면 어쩌나 머리를 쥐어짰다. 기숙사 방까지 가기엔 조금 멀었다. 정문 수위실에 있는 남학생에게 빌릴 수밖에 없다고 생각하자 우울해졌다.

택시 요금이 2500엔으로 바뀌려고 할 때, 멀리서 강렬한 광선이 보였다.

"기사님, 저 불빛은……."

"조선대학교. 목적지 맞지?"

운전기사의 무뚝뚝한 말투보다 난폭해 보이는 빛을 쪼일 생각에 소름이 돋았다. 방범 목적일 강렬한 광선에 영혼까지 빨려 들어갈 것 같았다. 택시비를 낼 수 있다는 사실에 안도하며 정문에서 조금 떨어진 '조선대학교 앞' 정류장 부근에서 내렸다.

통금 시간은 지났지만, 오늘은 일요일인걸. 문학부 학생이 연극을 보다 그런 거니까 너무 혼내지 않을 거야. 괜찮아, 괜찮아…….

이런저런 변명을 끌어모아 자신을 위로했다.

라멘집 '주반'의 빨간 등불 외에는 사방이 깜깜했다.

1분이라도 빨리 서두르고사 한 순간, 배에서 쪼르륵 소리가 났다. 식사도 까맣게 잊을 만큼 온종일 흥분 상태가 계속되었음을 깨닫고 쓴웃음을 지었다.

이렇게 된 이상 별 차이 있겠어? 에이, 나도 모르겠다!

기세 좋게 라멘집으로 들어섰다.

"어서 옵쇼!"

가게 주인의 우렁찬 목소리와 면발을 삶는 수증기에 휩싸였다. 취기가 깨면서 배가 고픈 나머지 다리가 휘청거릴 지경이었다.

"안녕하세요. 아직 괜찮나요?"

"앉아요!"

L자형 카운터 석이 놓인 가게 안에 손님은 없었다. 미영은 붙임성 좋게 맞이해준 주인에게 가볍게 인사하고 안쪽 자리에 앉았다.

조대 남아의 성지? 금녀 구역? 그냥 평범한 가게잖아. 바보 같은 소리!

통금을 어겼다는 죄책감과 배짱이 뒤섞여 가슴이 두근거렸다. 가게를 둘러보니 무사시노미대나 쓰다주쿠대학의 세미나와 공연 정보가 벽에 붙어 있었다.

"군만두하고 미소라멘 주세요."

카운터 석 너머에 있는 주인에게 주문을 하고 단숨에 물을 마셨다.

"만두 하나 미소 하나! 이제 마감할 건데 괜찮아?"

주인의 질문에 미영이 고개를 끄덕였다. 컵에 물을 따르려 할 때 가게 문이 열렸다.

"안녕하세요. 아직 됩니까?"

청바지 차림에 안경을 쓴 남자가 가게에 들어왔다.

단정한 도쿄 억양. 자리에 앉은 남자는 시선을 느꼈는지 재킷을 벗으며 미영을 봤다. 미영은 당황해서 눈을 돌렸다.

"미소라멘 주세요."

"미소 하나! 그게 다지? 이제 마감할 건데 괜찮아?"

남자가 고개를 끄덕였다. 남자는 물을 마신 후 주머니에서 문고본을 꺼내 읽기 시작했다.

청바지…… 조대 사람은 아니라는 거네. 다행이다!

미영은 몇 번이나 손목시계를 확인했다.

"군만두랑 미소라멘이요! 김치랑 마늘은 마음대로! 미소라멘이랑 김치가 궁합이 좋거든. 이건 총각 거!"

백발이 섞인 주인은 김치가 든 플라스틱 그릇을 미영 쪽으로 밀어줬다.

　"아, 제가 김치를 못 먹어서……."

　떨어져 앉은 남자가 다시 미영을 쳐다봤다. 남자는 그릇에 김치를 얹으면서 목례하며 살짝 미소 지었다.

　"김치야 있어도 되고, 없어도 되고."

　가게 주인의 말에 미소로 답하는데, 남자의 시선이 느껴졌다. 가볍게 꾸벅하자 남자도 끄덕였다. 두 사람은 동시에 국물을 홀짝였다.

　"조대 학생들이 많이 와. 다들 김치 잘 먹거든. 아가씨, 우리 집 처음이구나."

　고개를 끄덕이는 미영의 그릇에 주인이 차슈를 한 점 더 올려줬다.

　"이건 서비스!"

　뜻밖의 행운에 불안감이 누그러졌다. 좁은 가게에 두 사람이 후루룩 면발을 흡입하는 소리가 퍼졌다.

　"계산 부탁드릴게요."

　청바지를 입은 남자가 말하자 이어서 미영도 계산을 하려고 했다.

　"네! 총각은 350엔, 아가씨는 만두까지 해서 500엔이네!"

　카운터 석 너머에서 주인이 문 닫을 준비를 시작했다. 계산을 마친 미영이 면 코트를 입을 때도, 남자는 뒤적뒤적 주머니를 뒤지고 있었다.

"저, 정말 죄송하지만, 주머니가 찢어져서 돈을 떨어뜨린 것 같습니다……. 지금 200엔밖에 없는데. 바로 저기 무사시노미대 학생인데, 내일 꼭 가져다 드리겠습니다. 정말 죄송합니다. 대신 학생증을 두고 갈게요. 정말 죄송합니다."

남자는 당혹한 표정으로 몇 번이고 사과했다.

"이거 곤란하네. 이런 일이 자주 있는데, 학생증은 받아봤자 소용없고……."

백발의 주인은 남자를 의심하는 것 같았다.

"절대 무전취식을 하려던 게 아니고요. 가게에도 몇 번 온 적 있습니다. 주머니에 돈을 넣어뒀는데, 찢어져 있던 걸 모르고, 내일 꼭……."

남자는 청바지 뒷주머니에 손을 넣어 보았다. 확실히 손가락 두세 개 크기의 구멍이 뚫려 있었다. 청바지에 물감이 묻어 있으니 미대생이라는 것도 거짓말은 아닌 것 같았다. 증인이 된 미영을 사이에 두고 카운터 석 안쪽의 주인과 입구 근처의 남자가 150엔으로 실랑이하고 있었다.

"아저씨, 이걸로."

미영이 카운터에 150엔을 올리며 미소 지었다.

"아가씨가 내려고? 괜찮겠어?"

"아뇨, 괜찮습니다! 제가 내일 꼭 오겠습니다. 학생증이랑 면허증도 두고 갈게요."

미영의 친절에 두 사람이 허둥지둥했다.

"150엔 정도니까 괜찮아요. 잘 먹었습니다. 또 올게요!"

가게 주인과 남자에게 인사하면서 미영이 가게를 나설 때였다.

"저, 꼭 돌려드리겠습니다. 주소를 알려주실 수 있나요? 절대로 이상한 사람 아닙니다. 무사시노미술대학 3학년 구로키 유라고 합니다. 정말 죄송합니다. 그리고 고맙습니다."

정신없이 사과하면서 또박또박 자기소개를 하는 청년에게 호감을 느낀 미영은 그의 얼굴을 뚫어지게 바라봤다. 떨어져 앉아 있을 때는 몰랐는데, 상냥한 눈이었다. 안경 너머의 크지도 작지도 않은 예쁜 눈.

"알겠어요!"

가방에서 종이와 펜을 꺼내 '박미영 조선대학교 문학부 1학년'이라고 썼다. 한자 이름 위에 후리가나한자 위에 읽는 법을 히라가나 또는 가타카나로 작게 달아주는 것로 읽는 법을 적었다.

"옆 조선대학교 안 기숙사에 살고 있습니다. 정 신경 쓰이시면 수위실에 맡겨주세요. 그렇지만 정말 마음 쓰지 않으셔도 돼요."

"이거 놀랍군. 조선대 학생은 사내놈들 뿐이거든. 여학생들이 졸업하기 전에 기념으로 우리 가게에 온다는 말은 들은 적 있는데. 이런 한밤중에 온 조대생은 아가씨가 처음이야. 이거 곤란하네."

가게 주인은 미영의 그 대담함이 마음에 든 눈치였다.

"박미영 씨. 반드시 돌려드리겠습니다."

남자는 메모에 적힌 이름과 미영의 얼굴을 번갈아 봤다. 미영은 수염이 거뭇한 그의 얼굴을 쳐다봤다.

또래 일본인 남자와 이야기를 나누다니…… 초등학생 때 다닌 주산학원 이후로 처음이었다.

이상한 기분에 휩싸였다.

"저, 통금 시간이 지나서 서둘러야 해요. 아저씨, 잘 먹었습니다!"

"정말 감사합니다."

머리를 쓸어 올리는 남자 옆을 지나치자 희미하게 페인트와 비누 냄새가 났다. 땀과 담배 냄새가 아니라, 섬유 유연제가 아니라, 세제로 세탁해 햇볕에 말린 티셔츠와 물감 냄새가 섞여 있었다.

"정말 신경 쓰지 마세요. 실례합니다."

문을 닫으면서 미영은 입에서 아까 먹은 만두 냄새가 나진 않았을까 신경 쓰였다.

곧 전장에 뛰어들듯 광선을 향해 걸었다.

눈을 찌를 듯 강렬한 빛을 받으면서 정문까지 가자 수위실에 있던 남자가 손짓했다. 경비 당번들이 수근대는 소리가 들렸다.

"학부, 학년, 이름! 오늘 이 시간까지 외출 연장 신청은 없었습니다. 허가 없이 통금을 어겼습니까?"

수위실에 있던 남자가 우리말로 위협하듯 물었다.

"……."

"이봐, 신입생인데 살살하라."

안쪽에 있는 남자 선배들의 목소리가 들렸다.

"허가 없이 이 시간까지 대담하군, 어디 여자가!"

어디 여자가…….

잘못은 자각하고 있었지만, 얼굴에 드러나는 불쾌함은 막을 수 없었다.

"문학부 1학년, 박미영입니다. 허가 없이 늦었습니다."

용기를 끌어모아 큰 소리로 또박또박 말했다.

"아, 연극 심포지엄에 참가한다던 동무."

수위실 밖에서 담배를 피우던 남자가 미영 쪽으로 걸어오며 미소 지었다.

"문학부 리화미한테 들었다. 다음부터 미리 외출 연장 허가를 받도록. 아무리 그래도 너무 늦었다. 이 근처는 가로등도 적고 뒤숭숭한데. 들어가."

"네? 아, 네."

화미 선배에게 경칭을 안 쓴다면 이 사람은 4학년이구나!

눈앞의 남자는 전부 꿰뚫어보고 있는 것 같았다.

"미안합니다. 경비 수고 많으십니다."

미영은 4학년일 선배의 얼굴을 올려다보고 인사를 한 다음, 서둘러 기숙사로 향했다.

소등 시간은 이미 지났다.

303호실 문을 열자 안쪽 침대에서 시누이가 헛기침을 했다. 댄서가 침대에서 얼굴을 내밀고 "어서 와!"라고 말해줬다. 미영의 이불 위에 메모가 있었다.

'어서 와. 미영은 연극 심포지엄에 참가하는 걸로 말해뒀어. 303호실 사람들에게도 그렇게 전했음. 리화미.'

하이유자극장, 배용주와 기요와의 만남, 통금을 어기고 혼자 한 라멘 체험…….

하루 만에 이렇게 많은 일이 일어나다니, 도쿄는 굉장해!

미영은 마음속으로 몇 번이고 중얼거렸다.

조례가 끝나고 식당으로 향하는 미영을 궁녀가 불러 세웠다.

"박미영! 수업 전에 조대위원회실로 가시오. 생활지도원이 기다리고 있습니다. 앞마당에 있는 단층 건물, 알지?"

"벽에 무슨 '돌격대' 같은, 그런 슬로건이 걸려 있는 회색 건물 말이죠?"

심각한 표정으로 말하는 궁녀에게 미영은 미소로 답했다.

"그런 슬로건이 아니지요! 입학하자마자 허가도 없이 한밤중에 돌아오다니 전대미문입니다. 부끄럽지 않아요? 같은 문학부 여자로서 창피합니다. 상식이 없어!"

언성을 높인 궁녀는 팔짱을 끼고 떠나갔다.

아침 식사 후, 운동복을 치마저고리 교복으로 갈아입었다. 투명한 립밤을 바르고, 양말은 흰색 무지에, 머리에 달 리본도 평소보다 작은 걸로 골랐다.

"조대위원회실에 들러야 해서 먼저 갈게."

낸서에게 말하고 방을 나섰다.

노출콘크리트 건물. 입구에 걸린 커다란 슬로건에 '당 중앙을 위해 목숨을 바치는 근위대, 결사대, 친위대, 돌격대가 되자!'라고 써 있었다. 눈에 익은 문구건만 마음은 따라가지 않았다. 심호흡을 하고 노크를 했다.

"들어오시오."

여자 목소리였다.

벽에는 예외 없이 김일성 주석과 김정일 장군의 초상화가 걸려 있었고, 책상 몇 개가 줄지어 놓여 있었다. 전체적으로 회색빛인 공간 한가운데, 여자 한 명이 팔짱을 끼고 앉아 있었다.

"생활지도원 강기생입니다."

미영은 이름을 듣고 웃음을 터뜨릴 뻔했지만 참았다. 음산한 표정의 강기생이 오라고 손짓해서 지시에 따랐다.

"짧은 남색 치마가 눈에 띕니다. 평소에 색깔 있는 입술 크림을 바르는 것, 다 보고 있습니다. 옅은 화장도 금지니까 주의하십시오. 옷맵시나 화장에 정신이 팔려서는 조직 생활에 집중할 수 없습니다."

조용한 말투가 섬찟했다.

"본론으로 들어가죠. 왜 불려온 건지 알고 있습니까?"

미영은 말없이 서 있었다.

"불과 일주일 전에 입학한 신입생이 외출 허가도 없이 통금 시간을 어기다니, 조대 력사상 처음 있는 일입니다! 조대 학생으로서 자각이 있습니까? 어디 여자가 한밤중에 돌아오다니!"

자신에게 잘못이 있음은 인정했지만 강기생의 과격한 단어 선정이 마음에 걸렸다. 어디 여자가, 라는 말을 다시 들은 것도 충격이었다.

"이번 주에 신입생 전원이 12년간 총화를 작성합니다. 지금의 타락한 모습을 철저하게 반성하고, 앞으로의 목표를 확실히 세우십시오. 12년간 총화 때 내가 반드시 입회하겠습니다."

"12년간 총화 말입니까? 고급학교 진로지도 때 이미 했습니다만."

"수준이 다릅니다! 감히 여기가 어딘 줄 알고!"

강기생은 크게 소리를 지르며 거친 숨을 토했다.

"……."

"수업 시작합니다. 나가십시오!"

미영은 조대위원회실을 나왔다.

'또 12년간 총화? 입회? 어디 여자가……'

두드러기가 돋을 것 같은 말들이 머릿속에서 맴돌았다.

기숙사 소등 시간이 지나면 연구당 교실 몇 개는 학부와 학년에 관계없이 모든 학생들이 자습실로 사용한다. 사복을 입은 학생도 있지만, 대부분은 운동복 차림이었다.

다음 날 마감해야 하는 12년간 총화문은 원고지 20매 이상으로 정해져 있었다. 신입생들은 조금이라도 긴 표현으로 글자 수를 늘리고자 지혜를 짜내는 중이었다.

"미영, 얼마나 남았어?"

옆 책상에서 글을 쓰던 댄서가 물었다.

"열다섯 장에서 완전히 소재 고갈이야. 세상에 태어나서 미안합니다, 라고 쓰고 싶어."

"매일 하루 총화, 토요일 밤에 주 총화, 월말에 한 달 총화. 우리는 이미 참회 전문가야."

잡담 금지인 자습실에서 두 사람은 소리 죽여 웃었다.

다음 주, 12년간 총화가 시작되었다. 12년간 총화는 전 학부의 1학년 방에서 야간 자습 시간에 실시하며, 학부 교원과 생활지도원이 감독으로 참여했다.

저녁 식사 후 공부방에서 대기하고 있자니 강기생이 들어왔다. 접이식 의자를 원형으로 배열하여 전원이 마주 보게 앉았다. 미영은 바닥으로 시선을 떨어뜨렸다.

"지금부터 303호실 12년간 총화를 시작합니다. 간략하게 형식을 설명드리자면……."

댄서가 진행을 맡았다. 자기 차례가 오면 사람들 앞에서 원고지 20매 분량의 총화문을 읽고, 전원이 조언을 한 후 당사자가 앞으로의 결의를 표명한다.

"순서를 정해야 합니다만."

댄서가 조심스레 제안했다.

"저, 첫 번째로 부탁합니다."

빨리 끝내버리고 싶은 일념에서인지 미영이 바로 나섰다.

"그럼 박미영 씨부터 시계 방향으로 진행할까요?"

댄서는 미영에게 웃어 보였고, 시누이는 메모장과 볼펜을 들었다. 궁녀와 강기생도 공책을 펼쳤다.

미영은 원고지 21매에 담은 총화문을 담담하게 읽어나갔다. 나고 자란 가정환경, 어린 시절의 추억, 민족교육 속에서 배운 '조국=조선민주주의인민공화국'에 대한 마음, 재일조선인 사회에 대한 인식 등을 정직하게 쓴 글이었다. 고등학교 2학년 때 '조국'을 방문하여 친언니와 재회한 순간의 감격에 관해서도 언급했다. 제출용 총화문이므로 북조선에서 느낀 위화감이나 고급학교 진로지도에 대한 불만은 적지 않았다. 대학 졸업 이후 연극의 길을 걷겠다는 분명한 표현은 자제하고, 염원하던 문학부 재학 중에 많은 것을 배워서 미래에는 전문 지식을 갖춰 동포 사회에 공헌하고 싶다고 매듭지었다.

시누이가 큰 소리를 내며 코를 풀었다. 궁녀는 노트를 보면서 골똘히 생각에 잠겼고, 강기생은 무언가 끄적이던 노트에서 눈을 떼고 미영의 책상과 책장을 바라봤다.

"그럼 박미영 동무의 총화를 듣고, 삼상이나 조언을 말씀하십시오."

댄서가 사무적으로 말하자, 시누이가 재빠르게 손을 들고 일어섰다.

"정직하게 쓴 총화문이라고 생각합니다. 박미영 동무가 문학부를 선택한 이유도 정성스럽게 다루고 있습니다. 보통의 여대생이라면 충분할지 모릅니다만, 우리는 총련 조직의 미래를 짊어진 사람들입니다. 조직의 요구에 비해서는 태평스러운 총화라고 생각합니다. 이상입니다."

방 안에 침묵이 흘렀다. 자리에 앉았던 시누이가 다시 일어섰다.

"하나 더 있습니다. 계속 마음에 걸렸습니다만, 박미영 동무 책장에는 우리 문학이 너무 부족합니다. 외국 문학이나 본인 취미인 연극에 관한 책과 잡지뿐입니다. 이 대학에서 무엇을 배우는지 이해하지 못하고 있다는 증거입니다. 조직 생활을 소홀히 하는 원인도 거기 있다고 생각합니다."

계속 벼르던 말들을 뱉어내서 속이 시원해진 시누이는 파이프 의자에 앉아 기세 좋게 코를 풀었다.

"저는 명확한 목적이 있는 박미영 동무가 부럽습니다. 이제 막 입학했고, 앞으로……."

댄서의 말을 가로막듯이 강기생이 일어섰다.

"미적지근한 말을 반복해봤자 시간 낭비니 분명히 해두겠습니다. 조선대학교는 민족교육의 최고 전당이며, 총련 조직을 짊어지는 간부 양성 기관입니다. 조직의 요구는 위대한 수령님과 친애하는 지도자 동지께서 우리에게 바라시는 바입니다. 일체의 타협은 용납되지 않습니다. 여기가 어디인지 자각하고, 생활에서 왜풍 양풍을 추방하기 위해 노력하십시오. 향후의 월말 총화, 학기말 총화 등을 통해 동무의 발전을 검열하겠습니다. 그럼 저는 이만 실례합니다."

강기생이 자리에서 일어나 방에서 나가려고 했다.

"질문이 있습니다."

미영이 앉은 채로 목소리를 높였다.

"왜풍과 양풍의 의미를 잘 모르겠습니다. 구체적으로 가르쳐주실 수 있습니까?"

놀란 댄서는 걱정스럽게 미영을 응시했고, 시누이는 눈을 크게 뜨며 양손으로 과장되게 입을 가렸다.

"왜풍이란! 일본 언론과 문화의 영향을 가리키며, 양풍이란! 서양의 영향을 말합니다. 이런 것들에 빠져서 타락하지 않도록 우리 대학은 텔레비전도 없애고 청바지도 금지하고 있습니다. 혁명 사상으로 무장하는 데 방해되는 요소를 배제하는 것입니다. 일본의 신문, 소설, 전문 서적은 허용하되 정도를 지키라는 말입니다. 생활 태도를 관리 감독하기 위해 소지품 검사도 실시합니다."

"네? 개인 소지품을 검열합니까?"

"경우에 따라서는 그렇습니다!"

방 안 공기가 뾰족해졌다.

모두 서로 시선을 맞추지 않으려고 아래를 봤다.

"일본에 살면서 일본 문화와 서양의 영향을 받지 않는다는 게 가능한 일입니까?"

미영의 목소리가 떨렸다.

"여기는 일본이 아닙니다! 조선대학교에 다니는 동무는 공화국, 즉 조선민주주의인민공화국에서 살고 있다는 사실을 자각하십시오!"

강기생이 언성을 높이며 미영을 노려봤고, 미영은 혼란스러운 표정으로 그녀를 바라봤다. 강기생이 방에서 나갔다.

북조선에서 살고 있다니? 무슨 말이야…… 무슨 뜻이지? 웃기지 마!

머릿속이 어지러웠다. 방금 들은 말이 이명처럼 반복되며 전신을 뒤덮었다.

댄서가 휴식을 제안했다. 미영은 그 누구의 얼굴도 보고 싶지 않아 옥상으로 올라갔다. 아무도 없었다. 걷지 않은 빨래가 바람에 너풀거렸다. 미영은 희미한 조명이 비추는 칠 벗겨진 벤치에 앉았다. 고층 빌딩이 없는 무사시노의 하늘에 무수한 별이 빛나고 있었다.

심호흡을 하면서 하늘을 올려다봤다.

나는 나일 수밖에 없잖아. 바보 같아!

웃으려고 하는데 눈물이 흘렀다. 심장이 덜컹거리며 온몸에서 거부감이 흘러넘쳤다.

"역시 여기 있었구나."

옥상 문틈으로 얼굴을 내민 댄서가 미영의 옆에 앉았다.

"미영은 참 솔직하네. 강기생 씨한테 직구를 마구 던져서 조마조마했어."

"……미안."

"그렇지만…… 여기는 일본이야."

댄서의 말에 미영이 살짝 끄덕였다.

"총화, 빨리 끝내버리자. 들어가자."

댄서의 손에 이끌려 방으로 돌아갔다.

밤 11시가 지나서야 겨우 총화가 끝났다.

세수를 하고 침대 위로 올라가자 옆방 세이코가 문을 열었다.

"오늘 우편물, 늦어서 미안. 자, 303호실은 엽서 두 장하고 편지."

세이코는 코를 찡긋하고 웃으면서 편지를 받아 드는 미영의 얼굴을 뚫어지게 쳐다봤다.

조금 큰 아이보리색 봉투에 '문학부 1학년 박미영 님'이라고 한자에 후리가나까지 달려 있었다.

"앗!"

보낸 사람의 이름을 본 미영은 부심코 소리를 냈다. 세이코의 호기심 어린 눈을 뒤로하고 침대 커튼을 쳤다. 봉투 안에 귀여운 멧돼지 일러스트가 그려진 자그마한 빨간 봉투가 있고, 그 안에 150엔이 들어 있었다. 아이보리색 무지 편지지를 펼치자 크고 반듯한 글씨가 눈에 들어왔다. 샤프가 아니라 심이 진한 연필로 쓴 글씨였다. 물감이 묻은 청바지와 안경 너머의 상냥한 눈을 떠올렸다. 햇볕에 말린 티셔츠 냄새가 되살아났다.

전략.

느닷없이 편지를 보냅니다. 기억하시나요? 일주일 전에 버스 정류장 앞의 라멘집 '주반'에서 돈을 빌린 구로키 유라고 합니다. 그땐 정말 감사했습니다. 이틀 뒤에 조선대학교에 찾아갔습니다만, 수위실에 있는 분들과 소통이 되지 않아서 포기하고 돌아왔습니다. 여자 기숙사가 어디 있는지 물어보았더니, 방문 목적과 면회할 학생과의 관계 등에 대해 질문이 이어지길래 박미영 씨께 폐를 끼치면 안 된다고 판단했습니다. 빌려주신 150엔을 어떻게 돌려드릴지 여러모로 궁리한 끝에 이렇게 우편으로 보내기로 했습니다. 무사히 도착했는지 궁금하니 편지를 받으면 연락해주실 수 있나요? 죄송하지만 부탁드립니다.

지금 생각해도 얼굴에서 불이 날 정도로 부끄러운 상황이었습니다. 원래대로라면 직접 뵙고 인사를 드려야 하지만. 다시 한 번 정말 감사했습니다.

친애하는

무사시노미술대학 3학년 구로키 유

도쿄도 무사시노시 기치조지 미나미초 2-15-XX-201

전화 0422-83-20XX

정중한 문장에서 구로키 유라는 청년의 성품이 느껴졌다. 무엇보다 조선대학교 정문까지 150엔을 돌려주러 온 것이 고마웠고, 질문 공세를 받게 해 미안했다. 진한 연필로 쓴 큼직한 글씨를 바라보며 편지가 잘 도착했다는 사실을 알릴 방법을 생각했다.

"소등 시간입니다! 불 끄십시오!"

각 학부 생활지도원들의 목소리가 기숙사에 울려 퍼졌다.

미영은 편지와 지갑을 손에 쥐고 침대에서 내려온 뒤, 방을 벗어나 정문 옆의 공중전화를 향해 달려갔다.

소등 이후 공중전화 앞에 긴 줄이 생긴다는 소문은 사실이었다. 고향에 두고 온 장거리 연애 중인 애인, 또는 친구와 통화하는 것일까. 학교 내에서는 유일하게 공중전화 부스 안에서만 일본어가 허용됐다.

미영은 오른쪽 끝 공중전화 앞에 줄을 섰다.

난생처음 일본인 남성의 집에 전화를 거는 것이었다. 이 시간에 전화를 하면 몰상식한 건 아닐까, 내일 걸까 망설여졌다. 하지만 낮에는 수업이 꽉 차 있고, 모처럼 줄을 서서 곧 차례가 올 거라 생각하니 돌아가기 아쉬웠다.

전화카드와 동전을 확인하면서 존댓말로 하는 일본어 대화를 머릿속으로 연습했다.

줄을 선 지 40분이 지나 겨우 차례가 왔다. 전화카드를 꽂고 편지지에 적힌 번호를 따라 눌렀다.

아홉 번째 착신음이 울리고 수화기를 내려놓으려 한 순간, 남자 목소리가 들려왔다.

"여보세요."

"저, 늦은 시간에 죄송합니다. 구로키 씨 댁입니까? 저는 박미영이라고 합니다."

"박미영 씨? 구로키입니다."

"아, 네. 저 박미영입니다. 안녕하세요."

미영은 마음속 깊이 안도했다.

"밤늦게 죄송합니다. 기숙사 규칙이 복잡해서 전화할 시간이……."

"별말씀을요. 그때 고마웠습니다. 꼴사나워서 잊어주셨으면 하지만요."

"편지 오늘 받았어요. 늦은 시간이라 다른 분께서 전화를 받으면 어쩌나 했는데 다행이에요……."

"저 혼자 살아요. 헤드폰을 끼고 있어서 못 받을 뻔했네요."

"학교까지 와주셨는데 죄송합니다."

"직접 인사드리고 싶었거든요. 경비가 수상한 사람이라고 생각한 것 같더군요. 저를 둘러싸고 조선말로 이야기하더라고요. 대뜸 여자 기숙사가 어디냐고 물어봐서 그런가. 하하."

미영도 덩달아 웃었다. 라멘집에서의 예민해 보이는 인상과 달리 시원시원하고 밝게 말하는 그에게 호감이 갔다.

"어떤 질문이었나요?"

"음. 누구를 만나냐, 목적이 뭐냐, 어떤 관계냐, 면회 약속은 했냐……."

"뭐라고 대답했어요?"

"친구에게 전해줄 물건이 있다고 했죠. 박미영 씨 이름은 말하지 않았고요. 원래 일본인 방문객은 드문가요? 당황하다가 결국은 포기했습니다. 여대도 아닌데 깐깐해서 조금 놀랐어요."

"그렇죠. 여러 가지 규칙이 많아서."

설명할 방법도 없어, 미영은 전화카드의 잔액 숫자를 바라봤다.

"기숙사 방에 전화가 있나요?"

"아뇨, 공중전화입니다."

"밖인가요? 시간 내주셔서 고맙습니다."

40분이나 줄을 섰다고 말할 수는 없었지만, 그렇게 말해줘서 기뻤다.

"이제 주무실 시간이네요. 밤늦게 실례했습니다."

"아뇨. 지금 이삿짐을 싸고 있었어요."

"이사요?"

"다음 주 뉴욕에 가는데 미리 본가에 짐을 보내려고요. '아티스트 인 레지던스'라고 1년간 뉴욕의 미술관에서 지내면서 작품 활동을 하는 프로그램이에요. 학생이라서 안 될 줄 알았는데 운 좋게 자리가 하나 비어 턱걸이했습니다. 라멘집에 간 날도 포트폴리오를 만드느라 늦게까지 학교에서 촬영하고 돌아가는 길이었고요."

"뉴욕, 이요. 대단하네요……."

"3학년이라 졸업 작품을 구상 중인데 슬럼프라서, 심호흡하는 마음으로요. 돌아오면 다시 3학년부터 시작이긴 해도."

"하아. 굉장하네요……."

할 말이 없었다. 도쿄가 굉장한 것인지, 뉴욕이 굉장한 것인지, 구로키 유가 굉장한 것인지 알 수 없었다. 일본에서 동시대에 태어나고 자란 일본인과 조선인이 사는 세상이 이렇게나 다르다니.

"언제 떠나시나요?"

"3일 후에 출발해요. 갔다 오면 라멘집에서 또 마주칠지도 모르겠네요."

"후우. 저기, 뉴욕에 몸 조심히 다녀오세요."

"전화 주셔서 고맙습니다."

"밤늦게 실례 많았습니다."

"박미영 씨도 건강히 지내요. 안녕히 주무세요, 안녕."

삐삐삐 소리가 울리고 전화카드가 나왔다. 공중전화 부스의 단단한 문을 열고 밖으로 나가자, '바깥세상'에서 '담장 안'으로 돌아온 듯한 착각에 휩싸였다. 내가 보는 하늘은 어디로 이어져 있을까? 뉴욕은 도대체 얼마나 먼 걸까?

구로키 유의 생기 있는 목소리를 떠올렸다. 담담하게 말했지만 미지의 세계에 도전하는 패기가 넘쳤다. 불과 몇 시간 전까지 자신은 애매한 기억을 더듬어 초중고 12년을 시시콜콜 떠올려서 마음에도 없는 자기반성을 늘어놓은 참이다. 얇은 담장 하나를 사이에 둔 바로 옆 학교 청년은 지구 반대편으로 배우러 갈 준비를 하고 있었다. 미영은 마음의 정리를 마치지 못한 채, 발소리를 죽이며 기숙사 계단을 올라 방으로 돌아왔다.

침대에 올라간 미영은 문득 고교 시절 읽던 패션지의 스냅사진을 떠올렸다. 뉴욕의 커리어우먼들은 정장에 조깅화 차림으로 출근해, 사무실에서 하이힐로 갈아 신는다고 소개하는 글이었다. 어깨에 패드가 들어간 매니시한 블레이저를 걸치고, 조깅화로 월가를 씩씩하게 걷는 여성들의 사진이 있었다.

구로키 유가 말한 '슬럼프'라는 단어에 대해 생각했다. 어떤 슬럼프가 그를 멀리 떠나게 하는 것일까. 상상력을 동원해서 물감이 묻은 청바지 차림으로 대학에 다니는 '이웃'의 대학 생활을 그려봤다.

1984년, 2학년 여름

햇빛이 콘크리트 건물과 중정에 내리쬈다. 기숙사에도 교실에도 냉방장치는 없었다. 교복 저고리가 긴팔이라 하루 종일 흘린 땀에 새하얀 면 원단이 등에서 팔까지 달라붙었다. 미영은 지루한 언어학개론 수업이 끝나자 기숙사로 돌아가 사복으로 갈아입고, 가죽 가방에 외출 허가증을 넣었다. 로퍼를 신으면서 보니 신발장 위에 편지가 놓여 있었다.

아이보리색 봉투 뒷면에 적힌 그리운 이름. 봉투를 뜯으려다 그만뒀다. 시간을 확인하고 편지를 손에 쥔 채 정문까지 달려가 수위실 창구에 외출 허가증을 맡겼다.

"연극 관람을 위한 연장 외출입니다."

정차 중인 버스에 올라타 창가 자리에 앉았다. 진한 연필로 쓰인 큰 글씨를 손가락으로 덧쓰며 편지 봉투를 뜯었다.

박미영 님,

저를 기억하시나요? 라멘집에서 만나 150엔을 빌리고 전화로 이야기를 나눈 구로키입니다. 그때는 고마웠습니다.

뉴욕에서 1년을 보내고 일본에 돌아왔습니다. 시간 관계상 글로 다 전할 수 없으니 전화를 한번 해주실 수 있을지요? 제 쪽에서 전화 드릴 방법이 없었던 걸로 기억합니다.

갑작스럽게 죄송합니다. 전화, 기다리고 있겠습니다!

구로키 유

tel 0422-83-20XX

방과후의 버스는 한산했다.

미영은 찢어진 청바지와 안경 너머의 상냥한 눈을 떠올리며, 구로키 유가 자신의 전화를 기다리는 이유를 생각했다. 버스에서 내린 후 무의식적으로 공중전화를 찾았다.

고쿠분지에서 주오선을 타고 가다 기치조지에서 이노카시라선으로 갈아탔다. 시모키타자와에 도착한 후, 혼다극장까지 달려가 당일권 매표소에 줄을 섰다. 입석을 각오했지만 초대석에서 취소표가 나왔는지, S석 티켓을 구할 수 있었다.

'가토 겐이치 사무소' 연극, 〈작은 신의 아이들Children of a Lesser God〉.

브로드웨이에서도 화제가 된 극본이었다. 티켓을 손에 넣은 미영은 행복한 마음으로 공중전화를 찾았다. 극장 근처

담배 가게 앞에 녹색 공중전화가 있었다. 가방에서 편지를 꺼내 번호를 확인하고, 전화카드를 넣은 다음 번호를 눌렀다. 다섯 번 정도 벨이 울리자 남자 목소리가 들렸다.

"네, 구로키입니다."

"저, 편지를 받은 박미영입니다……."

"박미영 씨? 전화 주셨군요! 갑자기 연락드려서 죄송합니다. 꼭 말씀드리고 싶은 일이 있어서요. 별건 아닌데요, 뉴욕에서 여러 가지 일들을 겪어서. 어떤 것부터 말해야 될지…… 지금 학교에 계신가요?"

뒤죽박죽인 구로키 유의 말에 웃음이 터졌다.

"아니요, 연극을 보러 시모키타자와에 나와 있어요."

"시모키타요……. 언제 시간이 되면 만나서 이야기를 나누고 싶은데요. 아니, 급한 건 아니고요. 급하거나 대단한 일은 아니지만 괜찮으시면, 아니 꼭 한 번, 세상 사는 이야기, 뉴욕 이야기가 되겠네요. 꼬시려는 게 아니고……."

"네……."

"무슨 연극을 보시나요?"

"〈작은 신의 아이들〉이란 작품이요. 가토 겐이치와 구마가이 마미가 출연하는."

"그렇군요……. 제가 기숙사로 전화할 수는 없는 거죠?"

"죄송합니다."

"또 전화 주실 수 있으세요?"

"네. 다시 연락드릴게요. 또 늦은 시간에 할 수도 있지만……. 미안해요, 곧 연극이 시작될 시간이라 이만."

"아, 죄송해요. 밤늦게라도 괜찮아요. 기다리겠습니다. 연극 재미있게 보시고요. 전화 고마워요. 사요나라."

"사요나라."

드라마나 영화를 통해 귀에는 익숙했지만 입에는 익지 않은 말이었다. 지역사회에서 나누는 인사는 대부분 우리말이라, 일본말로 나누는 인사에 생활감이 결여되어 있다는 사실이 실감됐다. 구로키 유의 '사요나라'가 귓전에 맴돌았다.

담배가 진열된 유리 케이스 너머에 앉아 있는 할머니와 눈이 마주쳤다. 마음이 투명하게 비쳐 보일 것 같았다. 방향을 틀어 서둘러 극장으로 가려다가 멈춰 섰다. 담배 가게 할머니는 보리차를 마시면서 선풍기를 자기 쪽으로 돌리고 다시 미영을 바라보았다. 망설임을 버리고 심호흡을 했다. 가방 속 편지를 다시 꺼내서 전화카드를 넣고 버튼을 눌렀다. 몇 번 벨이 울리고 구로키 유의 목소리가 들렸다.

"구로키 씨! 박미영입니다. 저, 오늘도 괜찮을까요? 지금 만나지 않을래요?"

미영은 순간적으로 튀어나온 말에 놀라면서 말을 이었다.

"당일권으로 볼 생각이었는데 아직 티켓을 사기 전이라서요. 어디서 볼까요?"

구로키 유는 약속 장소로 고쿠분지를 제안했다. 역 근처에 단골 찻집이 있다고 했다.

"좋아요. 고쿠분지역 남쪽 출구요."

전화를 끊은 미영은 극장으로 달려가 당일 매표소에 혼자 줄을 선 사람을 찾았다.

"급한 일이 생겨서 볼 수 없게 되었는데, 표 사실래요?"

미영이 말을 건 여자는 S석이라는 글자를 보고 뛸 듯이 기뻐했다.

"고맙습니다!"

푯값을 받고 인사를 하자마자 역으로 달려가 이노카시라 선에 올라탔다. 퇴근 시간의 전철은 옴짝달싹 못 할 만큼 붐볐다. 장마는 끝났지만 당장이라도 비가 쏟아질 듯 습도가 높았다. 기치조지에서 만원 전철인 주오선으로 갈아타 고쿠분지에 도착했을 무렵에는 이미 어두워져 있었다.

연장 외출 허가를 받아두길 잘했다는 생각이 들었다. 늘 북쪽 출구에서 버스를 타는 미영은 남쪽 출구로 나온 적이 없었다. 처음 와보는 남쪽 출구는 북쪽 출구보다 상점이 적었고, 개찰구 앞은 나무가 우거져 있었다. 주위를 두리번거리고 있을 때 누가 뒤에서 이름을 불렀다.

"박미영 씨, 맞죠?"

뒤돌아보니 청바지에 흰 티셔츠 차림의 구로키 유가 서 있었다.

"죄송합니다. 제가 늦었네요. 연극은 괜찮아요? 어쩐지 미안해서."

"저야말로 갑자기 만나자고 해서 미안해요."

"별말씀을, 반갑습니다. 저, 혼야라도ほんやら洞라는 가게
아세요?"

"남쪽 출구는 처음이라서요."

"그래요? 이쪽이에요."

200미터 정도 걸어가니, 왼편에 담쟁이넝쿨이 우거진 오두
막 같은 가게가 보였다. 구로키 유가 문을 열고 미영을 먼저
안으로 들여보냈다.

"어머! 어서 와요."

카운터 석 안쪽에서 오버올을 입은 귀여운 여자가 웃으며
두 사람을 맞이했다.

"안녕하세요. 테이블 자리 괜찮아요?"

구로키 유는 카운터 석에 앉은 단골로 보이는 손님에게
인사하면서, 오늘은 일행이 있으니 조용히 내버려두길 바란
다는 신호를 보냈다. 손님들과 오버올을 입은 여성이 짓궂게
웃었다.

창가의 2인용 테이블에 앉은 미영은 벽에 붙은 연극과 공
연 포스터에 시선을 빼앗겼다. 책장에 장식해둔 진짜 양철로
만든 장난감에도 감탄했다.

"제 아지트예요. 하루 종일 죽치고 있어도 뭐라고 안 하는
고마운 곳이죠."

두 사람이 마주 웃었다.

"늘 혼자 오더니, 별일이네."

메뉴를 가져온 오버올 여성이 미영을 향해 활짝 웃었다.

"이쪽은 조선대학교 문학부 박미영 씨. 이쪽은 가게 주인인······."

"난 페니! 무사시노나 쓰다 학생은 많이 오는데, 조선대 손님은 처음이야. 잘 부탁해."

조선대라는 소개에 바짝 긴장했던 미영은, 페니의 소탈한 반응에 안도했다. 금발로 염색한 곱슬머리가 잘 어울리는 아티스트 같은 분위기. 페니라는 별명의 유래는 달러의 최소 단위인 1센트라고 했다. '1엔 동전' 같은 뉘앙스였다.

"난 아이스커피."

"저도 아이스커피요."

페니는 구로키 유의 어깨를 두드리고 카운터 석 안쪽으로 들어갔다.

미영은 일본인 청년과 찻집에서 마주 보고 앉아 있는 상황의 비현실성에 가슴이 두근거렸다.

"갑작스럽게 전화해달라고 편지를 보내서 죄송했습니다. 저번에 만난 게 라멘집에서였으니까, 1년 좀 넘었네요."

"저야말로 오늘 갑자기 만날 수 있냐고 물어봤잖아요."

수줍게 머리를 쓸어 올리는 구로키 유의 몸짓이 1년 전과 다르지 않았다. 안경 너머 보이는 상냥한 눈에 속 쌍꺼풀이 있음을 알아챘다.

"일본엔 언제 돌아오셨어요?"

"2주 전에요. 휴학하고 갔으니까 다시 3학년 수속하고, 아파트도 이사해서 이제 겨우 마무리했네요."

"뉴욕에서 귀국이라니, 멋져요."

"1년은 금방이더라고요. 제가 이야기하고 싶었던 건…… 뭐라고 하지, 정리가 아직 안 됐는데…… 거기서 다양한 사람들을 만났어요. 같은 프로그램에 참여한 작가들뿐 아니라 뉴욕에 거주하는 한국인 아티스트나 어학교에 다니는 여러 국적의 친구들과 화교, 일본말을 못 하는 일본계 브라질인 3세……. 박미영 씨를 떠올린 순간들이 많이 있었어요. 식당에서 돈이 모자라 곤란했을 때 말고요."

미영은 생소한 카테고리의 다양함에 압도되면서 열심히 이야기를 따라갔다.

"제가 지내던 미술관 근처에 한국 식당이 있었는데, 일본식 우동이나 덮밥도 팔아서 자주 가곤 했어요. 오 사장님은 후쿠오카에서 태어난 재일 2세였고요. 일본에 살 때는 차별이 심하니까 들키지 않으려고 일본 이름을 썼다고 해요. 대학에서 교육학부를 나와 교원 채용 시험에 합격했는데, 외국 국적을 가진 사람은 교원이 될 수 없다는 통보를 받고, 다 바보같이 느껴져서 일본을 떠났다고 합니다. 미국에서 처음으로 본명을 쓰기 시작한 거죠. 일본에 살 때는 부모님께서 본명 사용을 금지했다고 해요. 나쁜 일밖에 없다고. 제가 그분께 일본에서 태연하게 본명으로 자기소개를 하는 사람을 만난 적이 있다고 말했어요. 박미영 씨 말이죠."

"네? 아, 예."

"그랬더니 사장님이 깜짝 놀라더니 눈이 새빨개져서⋯⋯ 그분 참 용감하다, 자기는 그런 근성이 없었다, 그렇게 말하시더군요."

"⋯⋯."

미영의 표정이 점점 굳어져갔다.

"왜 그러시죠? 제가 무슨 실례라도?"

"아니에요."

"저는 박미영 씨를 칭찬한 건데."

"네, 알고는 있지만⋯⋯."

침묵이 흘렀다.

쟁반을 든 채로 서 있던 페니가 아이스커피를 두 사람 앞에 놓았다.

"그때 말문이 탁 막혔어요. 저는 박미영 씨의 용기에 대해서 생각조차 못 했고, 라멘집에서 당연하다는 듯이 주소를 여쭌 것도 죄송했어요. 아무것도 몰랐다는 것 자체가 실례였다는 생각이 들었어요. 일본을 떠나 보니 소속감이 없어서 불안하고, 마이너리티라 불합리한 일을 당하기도 했어요⋯⋯. 미술업계에서도 아시아인 차별에 시달리는 사람이 많고, 여러 소문도 있어요. 설명하긴 어렵지만 박미영 씨와 이야기를 나누고 싶었어요. 저기, 저는 실례가 아니었으면 좋겠는데."

미영은 고개를 가로저었다.

"1년 전에 저는 기뻤어요. 구로키 씨가 라멘집에서 제 본명을 듣고 놀라는 기색 없이 그냥 평범한 이름으로 받아들여줘서 안심했어요. 보통은 몇 번이고 되묻거나 일본 이름은 없냐고 하는 사람도 있거든요."

두 사람은 빨대를 꽂아 아이스커피를 마셨다.

"지금 오 사장님 말씀을 듣고 생각한 건……."

"솔직히 말해주세요."

"그분은 본명을 말씀하실 수 없었던 거죠. 얼마나 힘든 삶이었을까 싶어서……. 오 사장님은 민족 학교에 다니면서 당연히 본명을 써온 저로서는 알 수 없는 고생을 하셨을 거예요. '본명 선언'이라는 말이 있을 정도니까요. 자기소개를 하기 위해서 죽자 사자 고민한다고 들었어요. 일본 학교에 다니는 자이니치로서는 피할 수 없는 문제니까요."

"그렇구나. 오 사장님은 구체적으로 어떤 일이 있었는지는 말해주지 않았어요. 그렇지만 그날 이후 서비스를 많이 주셔서 덕분에 살았죠."

구로키 유가 그립다는 듯한 표정으로 웃었다.

미영은 일본을 뛰쳐나간 오 사장의 용기에 대해 생각했다.

"시간 괜찮아요?"

"오늘은 아직 괜찮아요."

조대의 규칙을 다 설명할 수 있을 리 만무했다. 미영은 연극 관람으로 연장 외출 허가를 받은 터라 어중간한 시간에 돌아갈 수도 없었다.

"배 안 고파요? 여기 카레 맛있는데."

"배고파요."

여유로운 웃음이 두 사람의 거리를 좁혔다. 구로키 유는 자세를 바꾸며 다리를 꼬았고, 미영은 테이블에 팔꿈치를 올렸다.

"페니 씨, 치킨카레 둘요. 난 곱빼기!"

두 사람의 화제는 영화와 음악, 연극으로 옮겨 갔다.

"같은 음악을 듣고 같은 영화를 봤네요. 하긴 일본에서 나고 자란 또래니까. '모모에&토모카즈 시리즈'와 〈스타워즈〉를 전부 봤다는 건 놀라운데요. 박미영 씨 상당한 영화 팬이군요."

"주로 외국 영화를 보는데, 일본 영화는 ATG 영화사를 좋아해요. 교복 차림으로 매주 오사카 메이가자名画座에 가곤 했죠."

"알아요, 그 교복. 상의가 짧죠? 좀 이국적이라고 할까."

"전 세일러복을 입고 싶었는데."

"그렇구나, 의외네요. 연극은 자주 봐요?"

"도쿄에서 상연 중인 작품은 다 보고 싶을 정도예요."

미영은 가게 벽에 붙어 있는 포스터를 바라봤다.

"〈천국의 아이들Les enfants du Paradis〉? 일본 개봉 당시에 키네준일본의 대표적인 영화잡지 〈키네마준포〉를 가리킴 1위였다고 해요. 전 항상 놓쳤어요."

"세 시간이 넘으니까 길긴 길죠. 저도 아직 못 봤어요."

두 사람이 포스터에 빠져 있을 때, 페니가 카레를 가져다줬다.

"저건 꼭 봐야 해. 하지만 해피 엔딩이 아니라서 데이트에는 안 어울릴걸."

두 사람의 얼굴이 심각해졌다. 페니는 터질 듯한 웃음을 참으며 안쪽으로 돌아갔다.

두 사람은 향신료가 잘 배어난 카레를 묵묵히 먹었다. 구로키 유의 이마와 목덜미에서 땀이 스며 나왔다. 미영이 가방에서 손수건을 꺼내 내밀자, 구로키 유는 황송해하면서 땀을 닦았다. 곧 미영의 이마와 목덜미에도 땀이 났다. 그는 미안하다는 듯 손수건을 돌려주려고 했지만, 미영은 고개를 가로저으며 손등으로 땀을 닦아냈다.

구로키 유는 치킨카레 곱빼기를 먹으면서 점점 더 땀을 흘렸고, 무명 손수건은 잔뜩 젖어들었다. 카레를 먹는 동안 두 사람은 대화를 나누지 않았다. 단지 서로의 먹는 모습을 보면서 웃음 지었다.

가게를 나왔을 때는 막차를 타기 빠듯한 시간이었다.

두 사람은 버스 정류장까지 걸으며 정신없이 영화 이야기를 주고받았다. 둘 다 시험공부를 빼먹고 베르톨루치 감독의 〈1900년〉을 보았다는 사실을 알게 됐을 즈음, 버스 정류장에 도착했다.

정류장에는 출발을 기다리는 버스가 서 있었다. 미영은 버스에 있을지도 모를 조대생의 눈이 신경 쓰였다.

"이제 괜찮아요. 고맙습니다."

"아, 그렇구나. 그럼 조심해서 가세요."

버스에 탑승하자 안면 있는 조대생들이 맨 뒷자리에 앉아 있었다. 앞쪽 자리에 앉아 창밖을 보니 구로키 유가 그 자리에 서 있었다. 미영이 작게 손을 흔들며 고개를 숙이자, 구로키 유도 살짝 손을 흔들었다.

버스가 출발할 때까지 그대로 있을 생각인가…….

미영은 가방에서 〈피아〉를 꺼내 들고 읽으면서 버스가 움직이기를 기다렸다.

"역시 같이 갈래요!"

구로키 유가 숨을 헐떡이며 미영 옆에 털썩 앉았다. 삐! 버저가 울리고 문이 닫히자 버스가 출발했다.

"미안해요, 저도 조선대학교에서 내려서…… 다카노다이로 가려고요. 아직 전철도 있고, 그렇게 많이 돌아가는 것도 아니니……."

구로키 유는 숨을 고르려고 심호흡을 거듭했다. 미영은 당황스러우면서도 얼굴에 번지는 웃음이 못내 부끄러웠다.

"아, 〈피아〉네요."

"늘 들고 다녀서 학교에선 '걸어다니는 피아'라고 불려요."

"하하. 잠깐 봐도 돼요?"

구로키 유가 미영의 무릎에서 잡지를 들어 올려 영화 페이지를 펼쳤다. 미영은 창밖으로 눈을 돌리거나 〈피아〉를 들여다보면서도 뒷자리의 조대생이 신경 쓰였다.

"아! 분게이자에서 한다!"

"네?"

"〈천국의 아이들〉이요. 이케부쿠로 분게이자에서 상영 중이에요. 시간이……."

두 사람은 얼굴을 마주 본 후 〈피아〉를 들여다봤다.

"일요일이면…… 2시 시작이네요."

미영이 웃으면서 주억거렸다.

"고맙습니다."

매번 고맙다고 하는 사람이구나, 미영은 생각했다. 섬세하면서 행동력 있는 구로키 유가 듬직했다.

"우리가 연락이…… 예전에 밖에 있는 공중전화까지 간다고 들은 거 같은데, 미안하네요. 그렇지만 언제든, 한밤중이든 새벽이든 전화 주세요."

"네, 그렇게 할게요."

"학교가 바로 옆인데 제가 할 수 있는 연락 수단이 편지뿐이라니 중세 시대 같네요."

두 사람은 소리 내지 않고 웃었다.

'조선대학교'에서 내린 둘은 반대 방향으로 걸어가며 몇 번이나 뒤를 돌아봤다.

뒷자리에 있던 세 명의 조대생은 서둘러 대학을 향해 걸어났다.

미영이 광선을 받으며 학교 안으로 들어가자, 수위실의 작은 창문으로 당번 남학생이 외출 허가증을 내밀었다.

"문학부 박미영 동무."

"네. 수고하십니다."

옆 학교에 지인이 생겼을 뿐인데 조금 찜찜했다. 죄책감이라고 할 정도로 무겁지는 않지만, 작은 불안감이 등 뒤를 덮었다. 학교 안 공기에 떠다니는 바늘들이 자신을 노리는 것 같아 견디기 힘들었다. 지나친 생각이야, 중얼거려봐도 방금 전의 설렘은 되찾을 수 없었다.

누구에게도 침해당하고 싶지 않은 비밀이 생긴 것 같았다. 비난받을지도 모른다는 생각이 잠깐 들었지만, 남들이 그럴 자격은 없다고 이내 부정했다. 미영은 지금까지 느낀 적 없는 마음의 동요에 놀라면서 다카노다이역까지 어두운 가로수 길을 혼자 걷고 있을 구로키 유의 모습을 마음에 그렸다.

　도착한 기숙사에서는 룸메이트들이 '하루 총화'를 시작하
려던 참이었다.

"이제 왔니? 마침 총화 시간이야. 얼른 앉지 그래?"

　시누이가 불렀다.

"빨리 해치웁시다."

　미영은 댄서의 말에 고개를 끄덕이면서 서둘러 의자에 앉
았다.

　각자 하루를 되돌아보고 억지로라도 반성할 거리를 찾아
서 참회하는 투로 발표하는 시간.

"그럼 반장인 저부터. 오늘 방과후 무용부 연습 중에 일본
말을 사용했습니다. 팔다리의 세세한 동작을 설명하려다가
그만…… 내일부터 100퍼센트 우리말 쓰기를 목표로 하겠
습니다."

　댄서가 간단히 끝냈다.

"지금 식민지 시대의 『항일 무장투쟁 문학』을 읽고 있는
데, 작품에 나오는 투사들의 모습에 감동했습니다. 그들에
비하면 수령님에 대한 제 충성심이 얼마나 미숙한지 반성합
니다. 내일부터는 더욱 마음을 단단히 먹고 혁명적으로 생
활하며 몸과 마음을 단련하겠습니다. 먼저 매일 정치 학습
시간에 수령님의 저서를 그저 읽을 뿐만 아니라, 인상 깊은

말씀을 골라서 옮겨 쓰기로 했습니다. 우리 반 전체가 '수령님 말씀 옮겨 쓰기 운동'을 실시하자고 제안하겠습니다. 당연히 붉은 펜으로 써야죠."

새로운 혁명적 과제를 발견한 시누이는 만족스러워 보였다. 아마 제안은 통과되겠지. 곧 매일 밤 '말씀'을 베껴 쓰는 과제를 강요받을 것이 뻔했다. 미영은 진저리를 치며 무난한 참회 소재를 찾았다.

"오늘은 연장 외출을 했지만 내일 수업 준비에 소홀하지 않도록 하겠습니다."

"이로써 하루 총화를 끝냅니다."

댄서가 틈을 주지 않고 사무적으로 마무리했다.

미영은 '바깥세상'에서 심호흡을 한 뒤 조직이라는 감옥에 돌아오자 산소결핍증을 일으킬 것 같았다. 2학년이 되고 대학 환경에 날로 적응해가는 동급생들이 이상해 보였다.

책상에 악보가 놓여 있었다.

"미영은 못 들었겠네. 내일은 수업이 없고 학교 전체가 아침부터 저녁까지 노래 연습이래. 다음 주에 전교생이 참여하는 발표회가 있다는 것 같아. 갑작스럽다."

댄서가 맥없이 알려줬다.

"총련 중앙 의장 선생님께서 직접 작사하신 노래를 학부별로 연습해서 발표한다고 들었어. 의장 선생님께서 학교까지 관람하러 오실지도 모른대. 긴장된다. 아무튼 훌륭한 작사도 몇 곡이나 하시고, 정말 재능도 많으셔."

시누이가 감동하면서 말했지만 미영은 석연치 않았다.

"전교생이 수업도 빠져가며 연습하고, 그 노래를 만든 사람 앞에서 발표하라는 거야? 그게 뭐야."

"내일은 운동 외출도 금지. 아침에 반별로 가사를 외우고, 오후에는 1학년부터 4학년까지 모여서 학부 단위로 연습한대. 하루 종일 노래 연습이지."

댄서가 미영의 옆구리를 팔꿈치로 찌르면서 설명했다.

대체 당신이 뭔데? 김일성도 아니고!

입 밖으로 내뱉지 못하고 마음속에서만 되풀이하자니 짜증이 치솟았다. 미영은 더욱더 화가 났다.

책상 위의 악보에는 위대한 지도자와 조직을 기리는 가사가 가득했다.

"아무리 의장 선생님이라도 너무한 거 아니야? 직권 남용이⋯⋯."

댄서가 입술에 손가락을 대고 미영의 말을 가로막았다.

"말조심해. 여기가 어딘 줄 알고?"

시누이가 눈을 흘기며 말했다.

여기는 어디며, 무엇을 하는 곳인가. 점점 더 알 수 없었다. 미영은 주어진 과제에 의문을 갖지 않는 시누이가 부러울 지경이었다.

명작 재개봉이라서인지, 일요일의 분게이자에는 입석 손님까지 있을 정도였다. 세 시간이 넘는 상영이 끝나고 무더운 바깥으로 나오자 온몸에서 땀이 배어 나왔다.

"박미영 씨, 영화 보면서 몇 번이나 한숨을 쉬던데요."

"결국 맺어지지 않았네요, 개랑스와 뱁티스테. 그렇게 서로 좋아하는데……."

"해피 엔딩은 아니라고 페니 씨가 그랬잖아요."

"그렇지만…… 맺어지길 바랐어요."

"글쎄, 영화니까요."

"……이거저거 생각했더니 배고파요. 혼야라도 카레가 먹고 싶네요!"

"좋아요. 박미영 씨 학교에서 가까운 편이 통금 시간 직전까지 같이 있을 수 있고요. 아니, 그…… 이야기를 많이 할 수 있으니까."

구로키 유가 쑥스러운 듯 머리를 긁적였다.

"나도 구로키 씨랑 오래 이야기하고 싶어요……. 일요일 통금은 원래 8시지만, 11시까지 허가를 받아 왔어요. 이런 게 있거든요."

미영이 가방 주머니에서 파란색 외출 허가증을 꺼내 구로키 유에게 보여줬다.

"조선어? 뭐라고 적혀 있나요?"

미영은 외출 허가증, 이름, 날짜, 시간, 외출 목적, 인감 등

표지와 속지에 기입된 모든 조선어를 번역해 읽어줬다.

"이건 정말이지…… 엄격하군요. 이렇게 힘든 줄도 모르고 초대해서 미안하네."

"아니, 기뻤어요! 여러모로 어렵고…… 조금 이상한 학교예요."

두 사람은 서로를 배려하려 애써 웃어 보였다.

일요일 오후 고쿠분지역 주변에는 조대생들이 많이 있었다.

역사지리학부 2학년 김미나가 미영을 보고 손을 흔들며 달려왔다. 영어와 정치경제학 등 큰 교실에서 합동 수업을 함께 받아 아는 사이였다.

"미영! 학교까지 함께 돌아가지 않을래?"

도쿄 억양의 조선말로 물어온 김미나는, 미영이 혼자라고 생각하고 있었다.

"난 아직……."

미영의 한 걸음 뒤에, 구로키 유가 멈춰 섰다.

"아, 미안. 미영 혼자인 줄 알고."

"어? 아……."

구로키 유는 미영과 친구로 보이는 여자가 조선말로 이야기하는 것을 눈여겨봤다.

"안녕하십니까. 미영하고는 학부가 다른 동기입니다."

김미나가 구로키 유에게 우리말로 말을 걸었다.

"곤니치와(안녕하세요)."

구로키 유는 반신반의하면서 일본말로 인사하며 살짝 고개를 숙였다.

"어? 아, 미안합니다. 조고 출신 동무인 줄 알고 그만."

일본말에 놀란 김미나는 미영과 구로키 유의 얼굴을 번갈아 봤다.

"일본 학교 출신 동무분이구나. 혹시 류학동(재일본조선유학생동맹) 사람?"

"나 오늘 연장 외출 허가를 받아서……."

"그렇구나. 그럼 먼저 갈게. 안녕!"

김미나는 호기심 어린 표정으로 여러 번 뒤돌아보면서 고쿠분지역 북쪽 출구로 향했다. 미영과 구로키 유는 조용히 남쪽 출구로 갔다.

"설마 전교생이 바이링구얼?"

"초등학교 때부터 수업은 모두 조선말로 하니까. 하지만 발음은 좀 이상할 거예요. 선생님도 학생도 일본 출신이라서 네이티브만큼은 안 되거든요."

"하지만 유창하게 들리던데요."

"뭐 일단은……."

"멋지네."

"국제 학교 조선어 버전이랄까요, 굳이 끼워 맞추면."

"그렇네요. 말은 익힐 수 있겠어요."

"갑자기 조선말로 말 걸어서 놀랐죠? 미안해요."

"아뇨, 재미있었어요. 그렇구나. 조선인이랑 일본인은 입만 다물고 있으면 구별이 안 되는구나. 박미영 씨가 조선말을 써서 신선했어요."

미영은 '걸어다니는 보도국'이라고 불리는 김미나가 둘에 대해 떠들지 않기를 바랐다.

"그래서 영화 어땠어?"

페니가 치킨카레를 내려놓으면서 물었다.

가슴에 박힌 대사나 장면을 떠올리자, 미영은 안타까움이 울컥 올라왔다. 영화 감상을 늘어놓는가 하면, 잠시 골똘히 생각에 잠기기를 반복하면서 이야기에 과하게 감정이입을 해서 곤혹스러웠다.

"빨리 안 먹으면 식어."

페니가 담배에 불을 붙이며 자기 잔에 맥주를 부었다. 담배와 맥주잔을 함께 든 가느다란 손가락 끝에 모스그린색 매니큐어가 선명했다.

어느새 카운터 석 여섯 자리는 단골손님으로 가득 찼고, 맥주와 와인 잔이 늘어났다.

페니가 단골들에게 미영을 소개했다. 모두 '박 상'이라고 부르며 한자로 어떻게 쓰냐, 한반도에는 비교적 많은 성이라고 하더라, 이런저런 말을 했다.

"괜찮으시면 성 말고 이름으로 불러주실 수 있나요?"

모두가 미영에게 주목했다.

"별거 아니지만, 어느 쪽으로 불러주셔도 괜찮은데 가능하면요……."

"미영 씨, 오케이?"

페니가 웃는 얼굴로 물었다.

"예! 미영이라고 불러주세요! 우리 이름에는 싱씨가 직고, 박씨 성인 사람이 많아서. '미영'이 저를 불러주는 기분이 든다고 할까……."

"호오."

단골들이 일제히 입을 모았다.

자기소개를 한 손님들에게 미영이 인사하자 대충 서로 소개가 끝났다.

"……고맙습니다, 여러분. 평범하게 받아들여주셔서……."

미영이 혼잣말하듯 불쑥 이야기하자, 구로키 유가 고개를 갸웃했다.

"일본 이름은 없냐고 아무도 묻지 않으셨어요. 평소에는 자기소개를 할 때마다 일본 이름은 없냐는 질문을 꼭 받거든요. 가게에서 회원 카드를 만들 때도요. 하루는 너무 끈질기게 굴길래, 빌리 조엘이 와도 같은 질문을 하실 거냐고 했더니 점원이 벙찌더라고요……."

잠시 침묵하던 단골들이 박장대소했다.

"고등학교 때는 아르바이트 면접에 붙었다가 마지막에 이름 때문에 떨어졌어요."

"정말 너무한다."

페니는 피우던 담배를 재떨이에 거칠게 비벼 끄더니 새 담배에 불을 붙였다.

"차별이 아니라 손님들이 싫어하신다고들 하셨어요."

"아르바이트는 못 구했나요?"

구로키 유가 걱정스레 물었다.

"같은 이유로 세 군데나 거절당하니 지쳐서, 네 번째 가게 면접 때는 이력서를 보여주며 일본 이름을 쓰면 고용해줄 수 있는지 물었어요. 그랬더니 가게 주인 부부가……."

"뭐라든?"

페니의 얼굴이 더욱 험악해졌다.

"'美英'이라고 쓰고 미영이라고 읽는군요. 모처럼 부모님께서 주신 멋진 이름인데 소중히 여기세요. 그렇게 말씀하시더라고요……. 부끄럽고 기뻐서 눈물이 났어요. 그분들은 아주 잘해주셨어요."

페니와 구로키 유가 하이 파이브를 하면서 미소 지었다.

"우린 국적 같은 거에 연연하지 않아. 어느 나라 사람이든 신경 안 써. 차별주의자가 오면 페니 씨가 바로 출입 금지 때릴걸."

수염이 난 단골의 말에 모두가 웃고, 미영도 따라 웃었다. 웃으면서, 납득이 가지 않는 점이 있었다. 그게 무엇인지는 잘 몰랐다. 따뜻한 편안함 속에 존재하는 작은 위화감. 부드러운 캐시미어로 몸을 감쌌는데 짜임 사이로 튀어나온 가시에 찔린 것 같았다. 뽑고 싶어도 보이지 않아서 내버려둘 수밖에 없는 작은 무언가. 그러나 따끔따끔 계속 찔리다 보면, 피부가 짓물러 피가 날 수도 있겠다는 불안감.

이 정체 모를 감각은 무엇일까? 쉽게 답을 찾을 수 없을 것 같다고 판단한 미영은 생각을 멈추고 웃어 보였다. 자기 자신을 위해서인지 주변을 배려해서인지 조금 무리해서 미소를 지었다.

밤 9시가 지났다. 미영이 손목시계를 보면서 시간을 신경 쓰기 시작했다.

"저, 먼저 실례하겠습니다. 일요일은 막차가 빨리 끊겨서."

"저도 이제 슬슬."

페니와 단골손님들이 얼굴을 마주 보더니 다 같이 고개를 끄덕였다. 미영과 구로키 유는 모두에게 인사하고 함께 가게를 나왔다. 남쪽 개찰구에서 북쪽 출구 쪽으로 걸어 버스 정류장으로 향했다.

"오늘 즐거웠습니다. 고쿠분지까지 멀리 돌아가게 됐지만."

"저도 즐거웠어요. 박미영 씨, 아니지 미영 씨…… 이름으로 부르니까 가까워진 느낌이다."

"혼아랴도 여러분들께 부탁을 드린 이유는…… 구로키 씨가 그렇게 불러줬으면 해서예요."

마주 보던 두 사람은 이내 시선을 거뒀다.

"또 전화해줄 수 있어요? 미영 씨만 하게 해서 미안하지만 그것밖에 방법이…… 다음 일요일에…… 아니, 미안해요. 아무것도 아니에요."

문학부 선배 몇 명이 두 사람 곁을 스쳐 지나며 마지막 버스를 향해 갔다. 미영은 손목시계를 쳐다보면서 신중히 생각했다.

"고쿠분지역으로 가요. 구로키 씨가 주오선 타는 걸 보고 나서 세이부선으로 다카노다이에 가려고요! 로맨스 거리를 걸어가도 통금 시간에 맞을 거고……."

미영은 1분이라도 더 구로키 유와 함께 있고 싶어 하는 자신에게 놀랐다.

"그럼, 로맨스 거리를 저랑 같이 걸어요. 제가 조선대 앞에서 유턴해서 다카노다이로 갈게요. 미영 씨한테 폐가 안 된다면요."

"좋아요!"

두 사람은 버스 정류장을 등지고 고쿠분지로 향했다.

세이부 고쿠분지선 승강장에서 전철을 타고 문 옆에 선 둘은 말이 없었다. 일반 열차가 첫 번째 역에서 멈췄다. 문이 열리자 밖을 내다보는 두 사람의 시선 끝에 역이름판이 들어왔다.

'고이가쿠보戀ヶ窪사랑의 웅덩이'

두 사람은 멈칫했다. 문이 닫히고 열차가 움직이기 시작했다. 경직된 듯 서 있던 둘은 미소를 지었다. 곧이어 다음 역에 도착했다.

다카노다이역에 내린 미영은 주위를 둘러봤다.

"신경 쓰여요?"

"아뇨……."

두 사람은 역 앞에서 왼쪽으로 꺾어 나무가 우거진 다마가와조스이 산책로를 걷기 시작했다.

"조선대는 완전 기숙사제인가요? 혹시 이성 교제도 금지? 아니, 우리가 그렇다는 뜻이 아니라……."

"학교 안에는 커플도 많아요. 자식이 일본인과 사귀기를 바라지 않는 부모님에게서 결혼 상대를 찾아오라는 말을 듣고 입학하는 사람도 있을 정도니까요."

"학생들도 그렇게 생각해요?"

"대부분은 그럴 거예요. 나는…… 다르려나, 아마."

서로 몸이 부딪치지 않게 배려하면서 녹음으로 뒤덮인 어두운 길을 조심히 걸었다. 넘어질 것 같으면 구로키 유의 팔에 매달려야지. 그렇게 생각하는 것만으로 남몰래 가슴이 두근거렸다.

"제 또래 일본인 친구를 갖고 싶다고 쭉 생각해왔어요. 일본에서 나고 자라 계속 일본에 있었는데…… 이상하죠?"

"저도 뉴욕에서 여러 나라 사람들과 알게 되었지만, 일본에서 자이니치하고 제대로 이야기한 건 미영 씨가 처음일걸요. 지금까지 학교에도 없었고."

"있었을지도 몰라요. 통명을 사용하면 모르니까요."

"맞아, 그렇죠…… 아! 중학교 때 소문이 있었어요. 그 아이는 감추고 있었던 걸까……. 지금 생각하면 선생님도 아이들도 건드리지 않으려고 했던 것 같아요."

"일본 학교는 어떨지 상상이 안 돼요. 조선학교는 학생도 선생님도 동료 의식이 강해서 꼭 가족 같다고 할까요. 따돌림이 없다고는 할 수 없지만, 민족 차별은 불가능하니까요."

뒤에서 발소리가 들려와 뒤돌아보니 정치경제학부 선배였다. 학생위원회 명물 임원으로 알려진 선배에게 미영이 인사했다. 그는 조대 여학생이 청바지 차림의 남성과 어두운 밤길을 걸으며 대화를 나누는 것을 보고 놀란 모습이었다.

"문학부 2학년이지? 괜찮아? 이 사람이 시비 거는 거 아니지요?"

"괜찮습니다. 아는 분이 학교까지 바래다주는 겁니다."

"그럼 다행입니다. 늦었으니 조심하고. 먼저 갑니다."

"네, 고맙습니다."

그는 여러 번 미영과 구로키 유 쪽을 돌아보면서 학교 방향으로 걸어갔다.

"절 수상한 사람이라고 생각한 거죠? 말은 몰라도 뉘앙스로 알겠어요."

"늦은 시간이라 걱정해준 것 같아요. 동료 의식이 강하다고 했죠?"

두 사람의 웃음소리가 어둠 속에 퍼졌다.

"우리 인연을 소중히 여기고 싶네요."

"저도 친구가 된 걸 소중히 하고 싶어요."

"그날 주반에 가길 잘했어요. 뼈아픈 실패 덕에 그 후 제대로 지갑을 갖고 다니게 되었어요."

구로키 유가 청바지 주머니 구멍으로 손가락을 내보였다. 웃음을 터뜨릴 뻔한 미영이 손목시계를 봤다.

"서둘러야겠어요. 데려다주셔서 고맙습니다."

"같이 걸어서 좋았어요. 저기, 저도 하나 부탁할게요. 성말고 이름으로 불러주세요."

"……그래도 될까요?"

"부탁드립니다. 그럼 전 이만. 잘 자요, 전화 기다릴게요!"

"꼭 전화할게요. 잘 가요!"

정문에서 광선을 향해 달리는 미영을 지켜본 구로키 유는 둘이 걸어온 길을 되돌아갔다.

다음 날, 오후 수업을 마치고 기숙사로 돌아오니 침대 커튼과 옷장 서랍이 마구잡이로 열려 있었다. 오싹한 느낌이 온몸을 감쌌다. 진정해, 자신을 타이르면서 공부방을 확인해보니 책상 서랍과 책장을 뒤진 흔적도 있었다.

"뭐야 이거! 도둑 들었어?"

방으로 들어온 시누이가 큰 소리를 냈고, 댄서도 아연실색했다.

"어? 미영 것만 엉망이잖아? 이상하게시리. 왜지? 무서워!"

"시끄러워! 조용히 해!"

댄서가 소란 떠는 시누이를 쏘아붙였다.

미영은 조심스레 자신의 구역을 확인했다. 이층 침대 이불 위에는 화장품과 드라이어, 쌓아둔 단행본과 잡지, 워크맨휴대용 카세트 제품이 흩어져 있었다. 옷장 서랍을 뒤졌는지 팬티와 브래지어, 양말까지 뒤집어가며 손댄 흔적이 있었다. 다른 서랍의 티셔츠 사이에 숨겨놓은 타탄체크 무늬의 작은 상자를 꺼냈다. 구로키 유의 편지가 무사한 것을 확인하고 안도하면서도, 누군가가 읽었을지도 모른다는 불쾌함은 지울 수 없었다.

누가? 어째서? 왜 나만?

의문과 불안이 뒤섞인 분노로 손발이 떨리기 시작했다.

"조대위원회와 반장에게 보고하고 올 테니까 기다려."

댄서의 말에 고개를 끄덕이는 순간, 베란다에서 카랑카랑

한 소리가 울렸다.

"조금 전에 불시로 소지품 검사를 실시했습니다! 문학부 2학년 박미영 동무, 나오십시오! 몰수한 규칙 위반품은 반장을 통해 학부 선생님께 전달했습니다. 실장에게도 연대책임을 묻겠습니다."

강기생은 수첩을 보며 압수품 목록을 읽었다. 옆방에서 나온 세이코가 망연히 서 있는 댄서와 미영을 떨면서 바라보고 있었다.

"외국 음악 테이프 다수, 연극 영화 잡지 다수, 사진집, 패션지 세 권. 자본주의 문화 총출동입니다. 『에로티즘』? 이런 추잡한 책을 당당히 들이다니!"

강기생은 이길 싸움을 하는 검사처럼 맹렬한 기세로 다그쳤다. 팝, 재즈, 유럽 민속음악을 '외국 음악'으로 일축하고, 바타유의 책을 음란 도서 취급하는 무신경함에 기가 막혀 반박할 마음조차 일지 않았다.

"조직 생활을 경시하니까 왜풍 양풍에 물드는 겁니다! 외출이 잦으니까 정치 학습과 총화에 집중을 못 하는 거고요. 수위실에서도 외출 상습범이라고 온 대학 남학생들 사이에 소문이 나고 있어요! 부끄럽지도 않습니까!"

"박미영 동무는 수업에 빠지지 않았고, 연장 외출을 해도 허가받은 시간에 돌아왔습니다."

댄서가 편을 들자 강기생의 표정은 더욱 험악해졌고, 목소리 톤도 올라갔다.

"최근 외부에서 청바지 차림의 남자와 돌아다녔다는 보고도 있었습니다. 조대생이 아닌 것은 분명하고, 일본인이라는 소문까지 있습니다!"

"무슨 뜻인지 모르겠습니다. 저에게는 조선인 동무도 일본인 동무도 있습니다. 친구와 같이 걷는다고 신고를 당해야 합니까? 침대와 옷장까지 조사한 이유가 무엇입니까?"

"긴장해서 생활하시오! 그 건방진 말투는 뭡니까!"

미영은 사생활 침해에 분노한 나머지, 억울해서 눈물이 날 지경이었다. 하지만 강기생에게 눈물을 보이는 일만큼은 견딜 수 없었다. 미영은 베란다에 모인 구경꾼들을 제치고 기숙사를 뛰쳐나갔다. 연구당 계단을 뛰어올라 아무도 없는 교실로 들어갔다.

창문을 열자 눈앞에 무사시노미술대학 교정이 펼쳐졌다. 구로키 유는 지금 저기 있을까? 자유로운 복장으로 캠퍼스를 거니는 미대생들을 바라보며 들릴 리 없는 대화에 귀를 기울여봤다. 담장 너머의 저들은 이쪽의 존재에 대해 생각은 할까? 아무도 상대해주지 않는 자문자답을 하자니 서러웠다. 입에서 새어 나온 시니컬한 한숨이 미대생들의 웃음소리에 지워졌다.

6월 25일, 월요일.

118

34년 전 이날, 한국전쟁이 발발했다.

주조에 있는 도쿄조선중고급학교 체육관에서 열린 '조국 해방전쟁(한국전쟁) 승리 기념 남북 평화통일을 위한 재일본 조선인중앙대회'는 간토 지역 총련 직원 및 조선학교 교원과 학생 들이 동원됐고, 자발적으로 참여한 동포들로 넘쳐났다.

행사 참여 시, 여자는 교복과 다른 색상 및 무늬의 민족 의상을 입는 것이 규정이다. 미영은 좋아하는 치마저고리를 골랐다. 여성복 공방에서 일하는 어머니가 만들어준 님색 실크 조젯 스커트는 걸을 때마다 살랑살랑 퍼지고, 멈추면 나선을 그리듯이 몸에 차르르 붙었다. 프랑스제 틀로 뜬 레이스로 만든 로즈핑크색 저고리는 고름 대신 치파오처럼 단추를 달아 말끔하고 어른스러웠다. 머리는 포니테일 대신 업스타일로 묶고, 까만 펌프스를 신었다.

몇 시간 후면 이 모습으로 구로키 유를 만날 예정이었다. 미영은 상상만으로도 안절부절못했다. 깃과 동정은 깨끗한지, 스타킹에 올은 나가지 않았는지, 머리가 흐트러지지는 않았는지, 이것저것 신경 쓰여 어찌할 바를 몰랐다.

미제 침략으로부터 조국을 지켜낸 조선인민군의 위대한 승리와 북조선 사회주의 건설의 성과를 축하하는 연설이 계속됐다. 조선학교의 어린 학생들의 축하문 낭독에 박수갈채가 끊이지 않았다. 이어서 일본 공산당이나 사회당 같은 야당은 물론, 여당인 자민당 간부의 축사도 이어졌다.

총련 간부들의 연설에는 기립 박수가 의무화되어 있는 문구(삼가 최대의 영광과 가장 열렬한 감사를 드립니다)가 군데군데 들어가 있었다. 마음이 콩밭에 가 있던 미영은 반사적으로 필살의 문구에 반응했다. 주위 움직임을 따라 서둘러 일어나 '만세!'를 외치고 박수를 치느라 분주했다. 영혼 없이 서서 만세, 앉아서 박수를 반복하다 보니 갑자기 웃음이 나왔다. 마침내 웃음이 멈추지 않게 되자 기침을 하는 척 손수건으로 입을 가리고 흐느끼는 연기를 했다.

대회 마지막에 일어나서 제창하는 〈김일성 수령님의 만년 장수를 기원합니다〉의 반주가 시작되자 적당히 립싱크를 하면서 2절까지 버텼다. 이어 〈김정일 지도자 동지의 만년 장수를 기원합니다〉도 입을 벙긋거리며 겨우 노래하는 척했다.

휴식 시간을 끼고 기록영화 상영이 있다고 했다. 2천 명이 넘는 참가자에게 나눠준 불고기 도시락 덕에 체육관은 순식간에 양념과 김치 냄새로 가득 찼다. 도시락을 다 먹기 전에 갑자기 대회장이 어두워지며 기록영화 상영이 시작되었다.

김일성 주석이 조선인민군을 시찰하고, 농촌을 시찰하고, 철공소를 시찰하고, 백화점을 시찰하고, 학교를 시찰하는 내용이었다. 감격에 겨운 인민들의 표정, 위엄과 자애로 가득 찬 지도자의 모습이 무한 반복되는 흑백 영상을 보면서 어디선가 같은 장면을 본 듯한 데자뷔에 휩싸였다. 예전에 본 다큐멘터리의 기억을 더듬다가, 이케부쿠로의 분게이자에서 본 독일 영화를 떠올렸다.

레니 리펜슈탈 감독의 작품과 똑같잖아!

마음 깊숙한 곳에서 무언가 와르르 무너지는 소리가 났다. 개인숭배를 위한 기록영화에는 무슨 국제 표준규격이라도 있는 건가. 히틀러의 기록영화를 만든 여성 감독의 기구한 삶에 대해 생각했다. 비슷한 방식으로 만들어진 기록영화를 50년이 지난 지금 강제로 감상해야 하는 현실에 대해 생각했다. 자신에게 주어진 세계관이 화석처럼 느껴지는 이 공허함을 어디다 하소연할까. 구로키 유는 리펜슈탈의 작품을 봤을까. 이 영화를 봐야만 하는 자신의 현실을 그는 믿을까…… 스크린에 비추는 영상, 스피커에서 들려오는 전투적인 내레이션, 희미한 빛 사이로 보이는 벽에 붙은 슬로건 등 오감으로 침입해 오는 모든 정보에 혐오를 느끼면서 그저 시간이 지나가기만 기다렸다.

혼야라도에 도착한 미영은 유리창을 보며 앞머리를 정리하고 문을 열었다.

"안녕하세요!"

"와아…… 미영 씨, 예쁘다!"

페니의 목소리에 뒤돌아본 구로키 유는 미영의 모습에 시선을 빼앗긴 채 말이 없었다.

"늦어서 미안해요, 많이 기다렸어요?"

"예. 아뇨, 그, 멋지십니다."

"얘 말투 좀 봐!"

페니의 웃음소리가 두 사람을 놀리듯 울려 퍼졌다. 미영은 카운터 석에 앉아 아이스커피를 주문하고 땀을 닦았다. 구로키 유의 시선이 피부 깊숙이 박히는 것 같았다.

"치마저고리랬지. 아주 잘 어울려."

"어머니가 만들어주셨어요. 일반적인 관혼상제용은 더 화려해요……."

"기모노보다 움직이기 편할 것 같아요."

"성큼성큼 걸을 수 있고 책상다리도 할 수 있어서 편해요. 허리도 조이지 않아서 이러다 허리가 없어지지 않을까 무서울 만큼."

미영이 손으로 허리 라인을 더듬자, 구로키 유는 어디에 눈을 둬야 할지 모르겠다는 듯 시선을 떨궜다.

"오늘은 통금 시간 이르죠? 스케치북을 학교에 두고 왔는데 같이 갈래요? 교수님께 제출할 작품 계획서를 오늘 밤에 집에서 작업하고 싶어서요. 틀이 너무 없어서 고민 중이었는데 겨우 아이디어가 떠올랐거든요."

"틀이 너무 없어서?"

"너무 자유로워서 곤란하죠. 뭐, 그런 대학이니까 선택했지만."

"곤란해요? 너무 자유로우면……."

미영은 순간적으로 튀어나온 말이 한심하게 느껴졌다.

"하나부터 열까지 다 혼자서 정해야 하니까. 너무 얽매이면 그것도 싫겠지만요."

구로키 유는 당연하다는 반응이었다.

미영은 질투가 날 만큼 부럽다고 생각하며 웃었다.

가게를 나온 두 사람은 고쿠분지 방향을 향해 종종걸음으로 걸었다.

"위험해!"

펌프스를 신은 미영이 휘청거리며 구로키 유에게 기댔다.

"미안해요. 힐이 익숙하지 않아서."

흰 티셔츠에 달라붙은 미영의 앞머리에 구로키 유의 숨이 걸렸다. 귀에 울리는 심장의 고동 소리가 그의 것인지 자신의 것인지 구별되지 않았다. 몸을 일으키려 하자 큰 팔이 어깨를 감쌌다. 잠시 마주 보다가 미영이 눈을 감자, 두 사람은 가만히 입술을 포갰다.

따르릉! 따르릉!

자전거 벨 소리에 놀라 순간적으로 몸을 떨어뜨렸다. 두 사람은 손을 잡고 아래를 내려다본 채 소년의 자전거가 지나가기를 기다렸다.

"……보고 싶었어요."

"나도 보고 싶었어……."

더 맞닿아 있고 싶었지만 손을 놓았다. 거리에서 다시 키스를 할 용기는 없었다. 두 사람은 말없이 고쿠분지역으로 향했다.

다카노다이역 주변은 주조에서 돌아온 조대생들로 붐볐다. 개찰구에서 잠시 멈춰 선 미영은 무언가를 떨쳐낸 듯 해맑은 미소를 구로키 유에게 지어 보였다.

"가요."

두 사람은 함께 산책로를 걸었다. 치마저고리와 청바지 조합은 조금 눈에 띄었다.

"다들 쳐다보네. 미안해요."

"난 괜찮은데. 무리하지 마요."

"하지만 뭐 죄 지은 것도 아니고."

"그러게."

주위의 시선을 물리치면서 나란히 걸었다. 뒤에서 들려오는 호기심에 가득 찬 조선말을 구로키 유가 알아듣지 못해 다행이었다.

"어이 구로키! 너 아틀리에에 파일 두고 갔……."

앞에서 걸어오던 미대생들이 미영의 존재를 눈치채고 놀랐다.

"지금 가지러 가는 길이야. 아, 이쪽은 조선대학교 박미영 씨."

미영이 살짝 고개를 숙였다.

"안녕하세요."

세 친구는 당황하며 서둘러 인사하고는 구로키 유를 놀리듯이 어깨와 등을 툭 치면서 지나갔다.

"같은 서양화 전공 동기. 난 요즘 수업을 빼먹어서. 뉴욕에서 설치미술에 흥미가 생겨 처음부터 다시 구상 중이야."

"창작은 어렵겠다."

"어렵고 괴로워서 또 재미있지. 마조히스트야."

웃으며 이야기하는 두 사람을 간섭하기 좋아하는 여러 시선이 앞질러 갔다.

"여기서부터 난 뛰어갈게. 오늘은 미영 씨의 특별한 모습도 볼 수 있어서, 만나길 잘했어."

"오늘 밤에 전화할게요. 늦을지도 모르지만……. 응? 무슨 소리지?"

"뭐지?"

"고함 소리 같은데, 대학교 쪽에서……."

"정말이네."

"가끔 우익 시위 차량이 오는데, 그건가."

"나도 검은 차는 본 적 있지만, 좀 다른 느낌…… 시위 차량 음악은 시끄럽고 거의 잡음 같은데……."

멀리서 웅웅거리던 확성기 소리가 점점 가까이 다가왔다. 일장기와 국화 문양이 그려진 검은 대형 자동차에서 이제까지는 들어본 적 없는 강렬한 말이 울려 퍼지고 있었다.

"조선대학교는 스파이 학교!"

"이놈들은 지난가을, 아웅산 테러 사건을 일으킨 살인 국가와 한패다!"

"더러운 조선인을 죽이러 왔다! 나와라! 모조리 쓸어버려 주마!"

"일본에서 나가라! 바퀴벌레, 구더기, 조선놈들!"

"반일 조선인 대학살을 실행하라!"

산책로 곳곳에 조대생들이 멈춰 서 있었다. 꼼짝 못 하고 자리에 선 채로 멍하니 있는 인근 주민과 공포로 창백하게 질려버린 치마저고리 차림 여학생도 있었다. 남학생들은 굳은 표정을 하고 학교 쪽으로 달려갔다.

"차별에는 익숙하지만 이렇게 심한 말은 처음이야. 학살이 라니……."

"정말 너무하네. 경찰은 불렀을까."

미영은 구로키 유의 티셔츠 자락을 잡았다.

"조선대와 무사시노 사이에서 소리가…… 오늘은 학교에 가지 말아요. 우익 시위 차량이 항상 진을 치는 것도 그 옆이에요."

"난 괜찮아. 어수선하니까 미영 씨도 어서 들어가. 학교로 들어가는 사람들 틈에 합류해서. 밤에 전화로 이야기해요."

두 사람은 몇 번이나 뒤돌아보면서 각각 조선대와 무사시노미대 방향으로 갈라졌다.

조선대학교 정문으로 가는 길에 조대위원회 멤버들이 학생들을 안심시키기 위해서 나와 있었다.

"조대생 여러분! 여태 전례가 없는 악질적인 우익 시위입니다. 침착하게, 절대로 도발에 넘어가지 않도록! 그들과 눈을 마주치지 말고 조용히 학교로 들어가시오. 여자는 기숙사 방에서 대기하고, 남자는 정문 안쪽에 정렬! 절대로 감정적으로 대응하지 않도록!"

"근처에 사시는 주민 여러분은 버스 정류장 측 도로로 나와주세요."

조선말과 일본말로 유도하는 멤버 중에는 문학부 2학년 반장 긴파치와 정치경제학부 2학년 반장 거인도 있었다.

"미영, 왔어? 여태까지 본 우익이랑 다른 것 같다. 경찰도 오지 않고 벌써 한 시간째 저러고 있어. 빨리 학교 안으로 들어가. 기숙사 방에 가 있어."

뒤돌아보니, 구로키 유가 멈춰 선 채 이쪽을 응시하고 있었다.

"거기 청바지 입은 분! 뒤에 계신 분이 지나갈 수 있게 멈춰 있지 말고 버스 정류장 쪽 도로로 빠져주세요!"

긴파치가 구로키 유에게 손짓을 하며 부탁했다. 놀란 구로키 유가 긴파치에게 고개를 숙이면서 미영을 바라봤다. 미영은 몇 번이고 구로키 유에게 묵례하며 전화하겠다는 제스

처를 취했다. 구로키 유도 고개를 주억거리고, 버스 정류장 쪽 도로로 나갔다.

"미영, 저 사람인가?"

진지하게 묻는 긴파치의 눈을 본 미영은 일부러 당당히 크게 끄덕이고 정문을 향해 걸어갔다.

무사시노미대 쪽으로 간 구로키 유가 걱정이었다. 로맨스 거리에서 조대로 이어지는 길로 나오자, 증오에 찬 고함 소리가 귀청을 찢을 듯이 크게 울리고 있었다. 눈으로 구로키 유를 좇았다. 어깨에 욱일기를 걸치고 확성기에 대고 외치는 남자, 옛 일본군 복장을 한 남자, 모자를 쓰고 마스크로 얼굴을 가린 채 '조선인을 죽여라!'라고 적힌 플래카드를 든 남자, 목검을 들고 있는 남자 등 네다섯 명 무리가 조선대학교 정문과 담장 안쪽을 향해 소리를 지르고 있었다. 놈들의 뒤를 통과해야 할 구로키 유도 미영이 무사히 정문에 들어가는 것을 확인하려고 필사적이었다. 두 사람은 동시에 서로를 바라보고, 고개를 끄덕였다. 미영은 정문 안으로, 구로키 유는 무사시노미대 쪽으로 향하던 그때였다.

"기다려! 야! 저 여자랑 아는 사이냐?"

확성기를 든 남자의 고함이 들렸다.

구로키 유는 표정을 바꾸지 않고 무사시노미대 쪽으로 가려고 했다.

"너 말이야!"

사람들의 시선이 쏠린 가운데 구로키 유가 멈춰 섰다. 그리고 돌아봤다.

　"너! 조선 여자랑 아는 사이야?"

　"……."

　"저기 들어간 조선 암컷이랑 아는 사이냐고 묻잖아! 방금 손 흔들었지? 쓰레기랑 연애질하는 너도 조선인이냐? 대답해, 청바지 입은 형씨!"

　불량배의 큰소리를 들은 미영이 설마 하며 돌아보았다. 구로키 유는 확성기를 든 남자에게 붙잡혀 있었고, 다른 무리가 그 둘을 둘러싸고 있었다. 미영의 뒤에는 조대 남학생들이 나란히 서서 문 밖의 차별주의자들을 노려보고 있었다. 총련 중앙 간부의 보디가드를 맡은 경험이 있는 거인이 진두지휘를 하며, 주먹을 쥔 채 치를 떠는 남학생들에게 도발에 넘어가지 말라고 타일렀다.

　"입 다물고 있지 말고 대답해! 어느 나라 사람이야? 나와 같은 일본인인가? 아니면 조선인인가? 어느 쪽이냐고!"

　남자는 목검을 땅에 치면서 구로키 유에게 다가가 위협하기 시작했다.

　구로키 유가 뭐라고 중얼거렸다.

　"뭐?"

　확성기를 든 남자가 흥분하면서 구로키 유에게 접근했다.

　"방금 뭐랬어? 다시 말해봐!"

구로키 유가 확성기를 든 남자에게 먹살을 잡힌 채 상대를 노려봤다.

"너와는 다른 일본인이야."

"무슨 소리냐? 여자에게 혼이 나갔냐, 이 매국노 새끼!"

남자는 확성기를 치켜들며 덤벼들었다. 안경이 날아가고 구로키 유가 그 자리에 쓰러졌다. 놀란 미영이 문 밖으로 뛰어나갔다.

"그 사람은 내버려둬!"

치마저고리 차림의 미영이 확성기를 든 남자를 향해 소리쳤다.

"조선인이 미우면 나한테 말해! 조선인을 죽이겠다더니 왜 같은 일본인한테 난리야?"

혼신의 힘을 다해 목소리를 짜낸 미영은 겨우 그 자리에 버티고 서 있었다. 펌프스를 신은 다리가 후들거렸다.

"어떻게 된 거지? 매국노와 조선 암컷이 붙어먹은 거냐!"

주위를 둘러싼 인근 주민들이 마른침을 삼키며 지켜보는 가운데, 확성기를 든 남자가 소리를 지르며 미영에게 다가왔다. 정렬해 있던 조대 남학생들이 덤벼들 기세로 움직였다.

"나가지 마!"

거인의 일갈에 조대 남학생들이 걸음을 멈췄다. 거인은 천천히 문 밖으로 나와 미영을 비호하듯 서서 확성기를 든 남자와 대치했다. 몇 걸음 물러난 남자가 동료들에게 눈짓을 보냈다. 긴파치도 달려와 미영을 부축했다.

거인은 말없이 노려봤다.

"오늘은 이만 접을까."

확성기를 든 남자의 말에 불량배들은 뒷걸음질 치면서 동료들에게 철수를 알렸다.

"열 받으면 어디 때려봐! 조선인 폭력 사건은 신문에 대문짝만 하게 실리니까!"

차별주의자들은 비웃으면서 차를 타고 떠나갔다.

긴장이 극에 달해 숨도 쉬지 못하던 미영은 그 자리에 주저앉았다.

정문 안쪽에 있던 댄서가 달려와 넋이 나간 미영을 끌어안았다. 다친 구로키 유가 미영 쪽으로 다가서려 하자, 긴파치가 그냥 가달라는 신호를 보냈다. 구로키 유는 학교로 옮겨지는 미영을 바라보면서 무사시노미대 쪽으로 걸어갔다. 뒤돌아볼 기력도 없던 미영은 휘청휘청 기숙사로 향했다. 그 사람은 괜찮아, 댄서가 귓가에 속삭였다.

절묘한 타이밍에 도착한 새까만 경찰차가 조선대학교 주변을 천천히 돌다가 아무 일도 없었다는 사실을 확인했다는 듯 그대로 돌아갔다.

밤이 되어도 학교 안은 계속 술렁거렸다. 상식의 범주를 벗어난 차별주의자의 등장으로 인한 충격은 말할 것도 없었

고, 그 이상으로 미영과 구로키 유의 관계가 일급 스캔들로
불거졌다.

미영은 조대위원회실에 놓인 접이의자에 등을 구부리고
앉아 있었다. 긴파치, 댄서, 강기생이 그 주위를 둘러싸듯 앉
았다.

미영의 뇌리에 확성기를 든 남자의 눈과 목검으로 얻어맞
던 구로키 유의 모습이 스쳐 갔다. 선풍기가 돌아가는 소리
에 맞물려 '조선인 몰살! 조선 암컷!' 같은 말이 이명처럼 울
렸다.

"우익들의 혐오 발언은 예전에도 있었습니다만, 오늘은
차원이 다른 악질한 집단이었습니다. 앞으로 경찰에도 대
책을 요청해야겠지요. 그보다! 중앙 본부에 어떻게 보고해
야⋯⋯. 난투 직전까지 간 원인이 조대생과 일본인의 연애라
니요! 불량배 우익에게 공격할 빌미를 내준 것과 마찬가지입
니다! 이 사태의 심각성을 알고 있습니까!"

강기생이 말을 이으려고 하자 긴파치가 가로막았다.

"감정적으로 대응하지 말고 사실 관계부터 파악해야 됩니
다. 그 일본인도 구타를 당한 피해자고⋯⋯."

긴파치가 단어를 고르면서 계속 말했다.

"미영, 솔직하게 물어볼게. 그 일본인하고는 어떤 관계야?"

잠시 침묵이 흘렀다.

"소중한⋯⋯ 동무예요. 그 사람 이름은 구로키 유입니다.

'그 일본인'이라고 하지 말아주세요."

초췌해 보이는 미영은 힘을 내어 분명하게 대답했다.

"만일 박미영 동무와 그 일본…… 구로키 씨가 사적인 관계라면, 어디까지나 가정이긴 하지만 조대 건립 이래의 대사 건입니다. 조직 간부 양성 기관인 본교 학생이 일본인과 특별한 관계라니, 있을 수 없습니다! 이런 기본적인 것부터 설명해야 하다니……."

시선을 떨어뜨리고 있던 미영이 고개를 들었다.

"구체적으로 무엇이 문제인가요? 국적입니까? 민족의 피입니까? 그의 조부모나 부모 중에 조선인이 있으면 뭐가 달라집니까?"

"그 사람은 일본 이름을 사용하는 조선인입니까, 아니면 일본인입니까? 분명히 대답하시오!"

강기생의 말이 확성기를 들고 있던 남자의 대사와 겹쳤다.

"차별에 맞서다 폭행을 당한 사람이에요, 국적이 뭐가 중요합니까?"

"당연히 중요합니다! 우리와 일본인은 사회적 입장도 가치관도 모두 다릅니다!"

'우리'라는 말에 숨이 막혔다. 나는 너와 다르다고 외치고 싶었으나 참았다.

"강기생 동무는…… 국적을 확인하고 사람을 좋아하게 되나요?"

좋아한다는 말이 입에서 튀어나왔다는 사실에 미영 스스로도 놀랐다. 의표를 찔린 긴파치와 댄서는 생각에 잠겼고, 강기생의 얼굴은 금방이라도 불을 뿜을 것처럼 빨개졌다.

"박미영, 정신 차려! 정학이나 퇴학도 가능한 문제야!"

"구로키 씨는 소중한 친구입니다. 부끄러운 일은 하지 않았습니다."

굵은 눈물방울이 뺨을 타고 흘렀다. 슬픈 건지 억울한 건지 자신조차 알 수 없었다.

"지금 이 자리에서 논의할 문제를 정리해봅시다. 우리는 박미영 동무의 대학 생활을 개선하기 위한 대화를 하기 위해 모였으니……."

긴파치의 친절은 고마웠지만, 빙빙 돌려봤자 시간 낭비일 뿐이었다.

"앞으로도 영화와 연극을 볼 겁니다. 도심의 극장에 가기 위해서는 연장 외출 허가가 필요합니다. 학교 안에 틀어박혀 있는 것이 제 가치를 높인다고 생각하지 않습니다."

"일본인과 경박하게 쏘다니는 태도가 화근이 됐다는데! 반성하시오!"

강기생은 미영의 단호한 어투에 분노하며 히스테릭하게 외쳤다. 긴파치는 천장을 올려다보고, 댄서는 바닥을 보며 한숨을 쉬었다.

"여름방학 전까지 일요일만 외출을 허가합니다. 통금 연장

은 허락하지 않습니다. 학기 말 총화에서 생활개선을 보고
할 수 있도록 노력하십시오. 가시오."

외출, 허가라는 말만 미영의 귀에 남았다. 일요일에는 만
날 수 있다! 마음속으로 몇 번이고 중얼거렸다.

지칠 대로 지친 미영은 공중전화로 향했다. 평정을 가장하
고 수화기 너머의 구로키 유에게 말을 건넸다.

"다친 덴 어때요? 피가 나던데."

"입술이 찢어졌고 눈 옆에 찰과상 정도. 싸움은 서툴지만
고등학교 때 럭비부였어서 제법 익숙해. 안경이 깨지는 바람
에 지금 다른 걸 끼고 있어. 존 레논같이 둥근 테."

"존 레논? 금테야?"

두 사람은 작게 웃었다. 기나긴 하루의 긴장이 겨우 녹기
시작했다.

"자이니치는 힘들구나. 그런 심한 말을 들으면서 견디는
조선대 사람들을 보면서 많은 생각을 했어. 몇 번이나 이런
경험을 했을 텐데. 우리 일본인들은 아무것도 할 수 없고 말
이지."

"뭐……?"

"불똥이 튀어서 맞기는 했지만…… 미영 씨는 강하네. 압
도됐어."

"아무것도 할 수 없어? 그런…… 나, 강하지 않은데……."

용기를 내 건너려던 다리에서 계곡 밑바닥으로 떨어지는 느낌이었다. 손을 잡고 함께 건너줄지도 모른다고 생각했던 자신은 얼마나 순진한 인간이었나.

"응? 뭐라고? 미안, 못 들었어."

"아니…… 아무것도 아니야."

"오늘 여러 일이 있었네. 아무 생각도 하지 말고 푹 자."

"그럴 수 있으면 다행이지만……."

미영은 담장 밖에서는 차별주의자와 대립하고, 담장 안에서는 민족주의, 전체주의와 맞서야 하는 혼란은 결국 혼자 떠안을 수밖에 없다는 사실을 깨달았다. 무언가를 기대했던 자신을 책망했다. 이렇게 강렬하게 누군가를 잃고 싶지 않다고 생각한 적은 처음이었다.

구로키 유가 또 영화를 보러 가자고 말했다.

일요일 약속은 미영을 안심시키면서도 불안하게 했다.

새로 오픈한 기치조지 바우스시어터는 이미 영화 팬들의 성지였다. '소련 시네마 특집'을 보러 온 관객 대부분이 팸플릿과 관련 책자를 들고 있었다.

〈솔라리스〉를 보고 밖으로 나오자 비 냄새가 났다. 아침까지 활짝 개었던 푸른 하늘은 먹물과 흰색을 섞은 듯한 회색으로 바뀌어 있었다. 소나기가 쏟아질 모양이었다.

"근처에 맛있는 피자집이 있어. 미영 씨가 싫지 않으면 피자를 사서 이노카시라공원에서 먹으려고 했는데. 비가 올 것 같네."

"가게에서 먹으면 안 돼?"

"기다리는 사람이 많아서 불편하지만, 일단 가볼까?"

상가를 빠져나가 도로변에 있는 피자집으로 향했다. 가게는 만석이었고, 세 팀이 기다리고 있었다.

"여기 정말 맛있어. 항상 마르게리타를 사서 뜨거울 때 집에서 먹지."

"가까워? 그럼 집에서 먹을까?"

"어?"

"아니, 좀 뻔뻔했지. 아니야."

"좁고 청소도 안 했지만…… 그래, 그러자!"

마르게리타와 고르곤졸라가 나왔을 때, 비가 내리기 시작했다.

구로키 유는 티셔츠 위에 입고 있던 데님셔츠를 벗어 미영의 어깨에 걸쳐주고, 피자 상자 두 개를 가슴에 안았다. 미영은 그 셔츠로 피자 상자를 덮었다. 웃으면서 고개를 끄덕인 두 사람은 비를 맞으며 피자 상자를 보호하듯 달렸다. 신사 앞을 지나 모퉁이를 돌자 차 소리도 들리지 않을 정도로 조용한 주택가가 나왔다.

작은 문으로 들어서자 색깔이 다른 문들이 복도에 줄 지어 있었다. 구로키 유가 서둘러 밝은 남색 문을 열고 미영을 안으로 안내했다.

"들어와. 홀딱 젖어버렸네."

"실례합니다."

현관에 들어서니 낯선 냄새가 훅 끼쳤다. 오래되었지만 조금 넓은 원룸이었다. 벽도 커튼도 아이보리색이라 짙은 갈색 바닥이 눈에 띄었다. 침대와 책상과 작은 소파가 놓여 있고, 주방에는 냄비와 프라이팬이 무작위로 쌓여 있었다.

"지저분해서 미안. 커피 끓일게. 아, 이거 써."

구로키 유는 마른 수건을 미영에게 건네주고 침대 주변에 어질러져 있는 책과 잡지, 스케치북을 한곳에 쌓아 올렸다. 이어서 싱크대에 있던 맥주 캔을 휴지통에 버리고, 물을 끓여서 커피를 내렸다. 미영은 젖은 얼굴과 머리, 다리를 닦은 다음 샌들을 벗고 방으로 들어갔다. 구로키 유가 황급히 옷장에서 카키색 후드집업을 꺼내고 욕실 문을 열었다.

"괜찮으면 입어. 감기 걸리면 안 되니까. 여기 쓰면 돼."

흠뻑 젖은 블라우스는 사양하는 것이 부자연스러울 만큼 피부에 달라붙어 있었다.

남성용 후드집업으로 갈아입고 욕실에서 나오자 작은 테이블 위에 커피와 우유, 앞접시가 준비되어 있었다.

"피자 지금 데울게. 커피는 블랙? 카페오레도 돼."

"그럼 우유를 듬뿍 부탁해."

"넵."

구로키 유가 머그잔에 커피와 우유를 듬뿍 넣어 미영에게 건넸다.

"낡은 옷이라 미안. 조금 크긴 해도 어울린다."

부드러운 타월을 두른 미영은 소매에 난 작은 구멍을 응시했다.

구로키 유는 피자를 프라이팬째로 테이블에 올려놓고 마르게리타 한 조각을 접시에 담아 미영에게 건넸다.

"맛있다!"

"그치!"

미영은 뜨거운 마르게리타를 먹으면서 자신이 조선학교의 상식으로는 상상도 못 할 풍경 속에 있음을 실감했다. 남자는 앉아 있고 여자만 종종거리며 부엌일을 하는 것이 당연한 봉건적인 사회에서 자란 미영에게 구로키 유의 일거수일투족은 무척 신선했다.

"요리도 해? 도구가 많네."

"부모님이 남자도 부엌일을 해야 한다는 주의시라. 뉴욕에서는 이탈리안 레스토랑에서 아르바이트를 했어. 설거지하고 야채를 다지거나, 줄창 마늘만 까기도 하고."

"마늘?"

"이탈리아 요리는 마늘을 많이 쓰거든. 한국 요리에도 마늘이 필수지. 한국 사람을 동양의 이탈리안이라고 부른대."

"처음 들어봐."

"기숙사면 밥이 나오니까 좋겠다. 주로 조선 요리?"

"자이니치 가정 요리란 느낌. 맛있어. 김치는 아직 먹는 연습 중이지만."

"주반에서 처음 만났을 때, 김치 못 먹는다고 말했던 거 기억나."

"유는 듬뿍 넣었죠. 다 보고 있었어."

미영은 조대의 하루 일과와 복장 규정, 외출 규칙 등을 설명했다. 구로키 유는 이웃 대학의 상상을 초월하는 엄격함에 놀랐다.

"일본에서 제일 느슨한 대학과 제일 엄격한 대학이 이웃인 건가, 재밌네."

"하나도 재미없어! 규칙이니 의무니, 숨 막혀……. 미안, 학교에서 여러 일이 있어서……."

구로키 유가 미영의 손을 잡았다. 두 사람은 말없이 손가락을 얽은 채로 움직이지 않았다. 움직일 수가 없었다. 피부끼리 좀 더 닿으면 무엇도 두려워지지 않게 될까. 하지만 그럴 용기가 없었다.

"그저 솔직하고 싶을 뿐인데, 익숙해지지 않아……."

구로키 유가 미영의 가냘픈 어깨를 끌어안았다. 조용히 껴안은 두 사람은 잠시 빗소리에 휩싸여 있다가 입을 맞췄다. 구로키 유의 입술이 미영의 가는 목덜미를 타고 내려왔다.

"아……."

소리를 내고 당황한 나머지 몸을 떼어낸 미영이 목덜미 부근을 눌렀다.

"……미안."

"미안."

구로키 유는 싱크대로 가서 법랑 냄비에 물을 부어 가스 레인지 위에 올렸다.

"리필은 카페오레가 좋으려나."

잠시 침묵이 흘렀다.

구로키 유는 아직 끓지 않는 주전자를 바라보고 있었다.

미영은 천천히 구로키 유의 뒤에 다가가 가스레인지의 불을 껐다. 당황하며 돌아보는 그의 손을 자기 가슴에 올리고 지퍼를 내렸다. 분홍색 브래지어와 하얀 피부가 드러났다. 가슴골에 손이 닿은 구로키 유는 미영을 끌어안고 침대에 눕혔다. 브래지어를 풀고 가슴을 애무하면서 팬티를 젖혔다. 손이 덤불에 닿자, 거친 숨을 쉬던 미영이 그의 손을 막았다.

"나……."

"응?"

"저기……."

"혹시 처음이야?"

조그맣게 끄덕인 미영은 잡고 있던 손에 힘을 뺐다.

"그렇구나. 무리하지 않는 편이……."

"부드럽게 해줘."

구로키 유의 입술이 몇 번이고 키스를 한 뒤 쇄골에서 가슴으로 향했다. 속옷을 벗긴 그의 손가락이 미영의 젖은 음부를 더듬으며 천천히 더 깊숙한 곳을 만졌다. 수줍음과 기쁨이 섞인 신음을 흘리는 미영의 부드러운 허벅지를 밀면서, 그는 천천히 미영의 안으로 들어갔다.

"아얏."

"미안."

구로키 유가 몸을 빼자 미영이 고개를 흔들었다.

"멈추지 마."

미영은 눈물이 날 정도의 통증과 처음 느끼는 쾌감에 소리를 지르며 그의 몸에 매달렸다. 두 사람은 땀이 흐르는 피부를 맞댄 채 깊이 이어지고, 격렬하게 흔들리다 어느덧 잠에 빠졌다.

잠든 얼굴을 보고 있는데 구로키 유가 눈을 떴다.

"유……."

말을 꺼내려는 미영의 입술을 구로키 유의 손가락이 부드럽게 덮었다. 두 사람은 서로 껴안고 여러 번 입술을 포갰다.

구로키 유가 냉장고에 음료수를 가지러 간 사이, 미영은 침대에 누워 천장과 벽의 포스터, 책장에 꽂힌 사진집과 책들의 책등을 바라봤다. 현대미술사, 포스트모던, 고흐, 키

퍼…….

"남준 파이크?"

미영은 현대미술의 세계적인 총아라는 한국인 아티스트를 몰랐다.

구로키 유는 차가운 캔 맥주를 미영에게 건네면서 백남준의 참신함에 대해 열변을 토했고, 뉴욕에서 친해진 젊은 한국인 예술가와의 추억담을 들려줬다. 처음에는 일본인이라는 이유로 꺼리더니 밤새워 술을 마시는 사이가 되었고, 그 한국인은 항상 마지막에 라면을 끓여주었다고 했다. 작은 양은 냄비째로 뜨거운 라면을 먹던 일이 그리운 눈치였다. 미영은 그릇에 덜지 않고 냄비로 바로 돌진하는 한국인이 와일드하다고 생각했다.

"서울에 놀러 오라고 했었는데, 그 녀석 잘 지내고 있으려나. 미영은 한국에 자주 가? 말이 통해서 좋겠다."

"응? 아…….”

"조선이랑 한국은 언어가 거의 똑같지?"

"음…… 난 한국에 갈 수 없어. 소위 말하는 '조선 국적'이라서 입국할 수 없거든. 평양에 언니가 있는 거랑 아버지 일하고도 관계가 있어서…….”

올 것이 왔구나, 미영은 생각했다. 국적이나 가족에 대해 물어보면 솔직하게 이야기하려고 했지만 간단하게 설명할 수 있는 성질의 것들이 아니었다. 하나를 얼버무리면 나중에 거짓말이 늘어날 것 같아 무서웠다.

"소위 조선 국적? 어렵네…… 뭐, 그래. 평양은 북조선의 수도지? 언니가 거기 계셔? 굉장하네. 그럼, 언니 쪽이 한국에 가기 쉬운 건가?"

"저기 말야…… 북조선과 한국은 서로 왕래할 수 없어. 편지나 전화도 일절 안 되고. 30년 이상 휴전 상태라……."

"그, 그렇구나. 심각하네. 그럼 미영은 혹시 북조선에 가본 적 있어?"

"딱 한 번, 고등학교 때. 9년 만에 언니와 재회했었어."

"어, 가본 적 있구나! 어쩐지 굉장하다. 응? 9년 만의 재회라니……. 미안, 내가 영 이야기를 따라가질 못하네."

"정치와 역사, 여러 가지가 얽혀 있어서 까다롭기도 하고. 일본 학교는 근대사를 배우지 않는다지. 뭘 어디서부터 설명하면 좋을까……."

비꼬는 것처럼 들렸을지도 몰라 불안해져서 자신이 한 말을 취소하고 싶은 충동이 솟구쳤다. 살을 맞대 달아오른 열이 채 가시지 않은 몸을 뾰족한 냉기가 관통했다.

가족은? 국적은? 어느 나라 사람?

간단한 질문임에도 불구하고 자신조차 모르는 것이 너무 많았다. 학교에서 주어졌던 '정답'은 전혀 도움이 되지 않았다. 적합한 단어를 찾으려 할수록 짜증이 났다.

벌거벗은 채로 타월에 싸여 있는 자신이 지극히 무방비

상태인 것처럼 느껴졌다.

구로키 유에게 받은 캔 맥주를 목구멍에 부어 넣었다. 미영은 '바깥세상' 사람들과 같은 언어로 소통할 수 없는 자신에 말을 잃었다.

무거워진 공기가 팽팽해졌을 때, 구로키 유가 침대 가장자리, 미영의 옆에 앉았다.

"속상했으면 미안. 그쪽 이야기는 복잡한 것 같은데 여러 가지 물어서."

그쪽⋯⋯.

미영은 웃지 않았다. 점차 목이 마르고 마음이 수런거렸다.

"나는 미영이 자이니치든 조선인이든, 그런 건 신경 안 써."

듣고 싶지 않았던 말이 상냥하게 날아왔다. 큰 부상은 아니지만, 가시가 박혔다.

"그러니까 미영도 걱정하지 말고."

"그게 아니라."

자신의 머리를 부드럽게 만지는 구로키 유의 손을 피해버렸다.

"왜 그래?"

당황하는 상대방을 배려할 여유가 없었다. 지나치게 솔직한 말이 울컥거리며 올라왔다.

"신경 써주면 좋겠어."

"응?"

"내가 자이니치고 조선인이라는 거, 신경 써달라고!"

"……."

구로키 유는 한숨을 쉬며 천장을 올려다봤다. 미간을 찌푸리고 머리를 가로젓는 행동을 반복하며 또 조용히 숨을 뱉었다.

미영은 지금만큼은 어물쩍 넘어가고 싶지 않았다. 서툰 말일지언정 포장하지 말고 부딪치자 다짐했다.

"언젠가 혼야라도 단골들도 같은 이야기했던 거 기억해? 우리는 국적 같은 거 따지지 않아, 상관없어. 순간적으로 마음은 고마웠지만 그건 아니라고 생각해……."

"……."

"유한테 나에 대해서 많이 알려주고 싶고, 나도 유에 대해 많이 알고 싶어. 하지만 상관없다고 말해버리면 공통의 화제 밖에 나눌 수가 없잖아. 나쁜 뜻이 아니고 배려해주는 거라는 건 알아. 그렇지만 솔직히 말해서 위에서 내려다보는 것처럼 들린달까……."

"그렇지 않아!"

"알아! 알지만, 신경 쓰이지 않을 리가 없잖아……. 나는 유가 일본인이라는 걸 신경 써. 의식하지 않을 수 없어. 그건 무리야. 그러면 실례인 것 같아. 만약 내가 '유가 일본인이라도 상관없어'라고 하면 기분이 어떨 것 같아?"

"그건……."

"미안. 이상한 말이지만, 그래도 난 중요한 일이라고 생각해…… 아마도."

"미영, 미안하지만 무슨 말인지 잘 모르겠어."

"나도 몰라."

전해지지 않는 말이 떨리는 목소리를 타고 허공을 떠돌았다.

"잘 설명하고 싶지만, 내 주변의 일들도 이해하지 못해서 터져버릴 것 같아……. 미안, 유를 곤란하게 했네. 나랑 있으면 피곤할 거야. 나도 나한테 지쳐……."

미영은 바닥에 떨어져 있던 옷을 걸치고 침대 주위에 흩어진 속옷과 옷을 주워 들었다.

아직 축축한 블라우스와 랩스커트를 입었다.

가야겠다, 미영이 말했다. 역까지 바래다주겠다는 유의 말이 자신을 멀리 밀어내는 것처럼 들렸다. '잡아주었으면 좋겠다, 피곤하지 않다고 말해주면 좋겠다' 마음 한구석으로 기도하며 샌들을 신었다.

"미영 말대로일지도 몰라. 신경 쓰지 않는다면 거짓말이야. 의식하겠지. 난처하네."

구로키 유의 말에 뒤돌아보지 않았다.

난처하다는 말이 마음에 걸렸지만 생각을 멈췄다.

그럼 또 보자는 말도 못 한 채, 현관문을 닫았다. 비는 그쳐 있었다.

몇 시간 전에 같이 달려온 기억을 더듬어 기치조지역을

향해 걸어갔다. 몸 안에는 구로키 유를 받아들였을 때의 아픔과 쾌감이 남아 있었다. 그의 살냄새가 그리웠다. 갑자기 오열할 정도로 눈물이 넘쳐흘렀다. 이제 다시 구로키 유를 만나는 일은 없겠지. 그립고 애처로워서 견딜 수 없었다. 북받쳐 오르는 뜨거운 마음과 냉정한 판단이 섞이지 못해, 몸과 마음이 뿔뿔이 흩어지는 것 같았다.

어느새 일본인과 조선인은 사는 세계가 다르다고 하던 아버지 말씀을 떠올리고 있었다.

1985년, 3학년 가을

미영은 1년 만에 기치조지를 걷고 있었다. 구로키 유와 만나지 않게 되면서 피해온 거리.

은행잎을 밟으면서 구로키가 클래식에 정통한 주인이 있다고 알려준 레코드 숍으로 향했다. 미영의 손에는 평양에 살고 있는 언니가 오사카의 어머니에게 보낸 편지가 들려 있었다. 동생을 그리워하는 문장 몇 줄과 함께 클래식 음반 제목이 앞뒤로 빼곡히 적혀 있었다. 같은 교향곡을 다른 지휘자와 오케스트라 버전으로 듣고 싶다는 음악가다운 언니의 마음이 전해져왔다.

북조선으로 가는 수학여행은 2주 뒤였다. 가게 주인에게 되도록 많은 음반을 확보해달라고 부탁한 다음, 2주치 생필품을 사들였다. 기초화장품과 약, 생리용품 등은 여유 있게 가져갔다가, 남으면 언니에게 주고 올 생각이었다. 통금 시간이 다가올수록 쇼핑백이 점점 늘어났다.

역 앞 상점가 커피숍에서 커피를 한 모금 마신 미영은 고급학교 2학년 때 처음으로 간 '조국 방문' 기간 동안, 언니와 보낸 '면회 시간'이 무척 짧았다는 사실을 떠올렸다. 이번에 야말로 언니와 오래 이야기를 나누면서 선물로 가져간 클래식 시디를 같이 듣고 싶었다.

언니는 조선대학교 1학년 때 '위대한 김일성 수령님의 환갑을 축하하는 조선대학교생 축하단'의 일원으로 지명되어, 편도표만 달랑 들고 북조선으로 갔다. 북조선 정부를 지지하는 활동가였던 아버지는 아무런 불평 없이 조직의 결정에 따랐다.

"두목 환갑 선물로 딸을 바쳐? 형, 미쳤어? 지금은 1972년이야! 인간을 선물하다니 노예제도가 있던 시대도 아니고!"

철저한 반공주의자인 작은아버지가 끝까지 반대했지만, 조직 내 아버지의 입장을 고려한 언니는 북에 가기로 결심했다. 치고받고 몸싸움까지 한 아버지와 작은아버지는 지금도 집안 경조사로 마주치기만 하면 으르렁대는 사이였다. 딸 사진을 볼 때마다 눈물을 흘리던 어머니는 무언가에 홀린 듯이 소포를 꾸려 보내기 시작했다.

미영은 싸락눈이 날리던 니가타항에서 언니가 탄 귀국선을 배웅하던 여덟 살의 자신을 떠올렸다. 조국도 귀국도 정치도 모르던 어린 미영은 그저 언니와 헤어지기 싫어서 울었다. 가지 말라고 아무리 소리쳐도 울음소리는 관악대가 연주하는 〈김일성 장군의 노래〉에 묻혔다. 언니는 귀국선 갑판에 서서 종이 리본을 던져주었다.

'좋은 음악을 많이 들어야 마음씨 고운 사람이 된단다.'

종이 리본에 만년필로 쓴 언니의 문장을 또렷하게 기억하고 있었다. 눈물 콧물로 잉크가 번져 글자를 읽을 수 없을 만큼 해진 리본은 항구에 몰려든 인파로 인해 찢어져 흩날리고 말았다. 그래도 그 말만큼은 잊지 않았다. 음악을 사랑하는 언니가 자랑스러웠다.

눈앞에 펼쳐진 새파란 바다와 하늘이 수평선으로 이어져 있었다.

여기저기 작은 섬들이 보이기 시작해, 배가 육지에 가까워졌음을 실감했다. 미영은 해가 뜨기 전부터 널찍한 페리 갑판에 나와 있었다. 10월 말의 바닷바람은 차가웠다. 아침 햇살이 비추기 시작하자 바다색이 달라졌다. 갑판 선원들의 북조선 말소리가 들려왔다. 햇빛을 받아 시각과 청각이 깨어나는 듯한 감각에 빠져들자, 뱃머리 저 너머로 희미하게 원산항이 보이기 시작했다. 어제 아침 니가타항을 출발한 '만경봉호'에서 하루를 보내는 사이, 미영의 육체는 동해 또는 일본해라고 불리는 바다를 건넌 것이었다.

4년 전에 평양에서 만난 언니의 얼굴을 떠올렸다. 당시 신혼이었던 언니는 이후 딸을 낳았다고 했다. 벌써 두 살이 되었을 조카를 상상했다.

선내 스피커에서 음악이 흘러나왔다. 조선대학교와 비슷한, 잡음에 가까운 음질의 환영곡이 울려 퍼졌다. 배는 해안에 정박한 채로 입항을 기다렸다.

미영은 조국이 보인다며 감격하는 동급생들의 목소리에 둘러싸여 복잡한 표정으로 항구를 응시했다. 가족을 만나기 위해 북조선을 방문한 나이 지긋한 동포들도 갑판에 나와 항구를 바라보고 있었다.

"조금 있으면 언니랑 만나겠네. 나도 인사시켜줘."

댄서가 말을 걸어왔다.

"물론 소개해야지. 경자는 이쪽에 친척분이 계시던가?"

"작은아버지께서 평양에. 고급학교 때 방문해서 뵌 적 있어. 미영이는 친언니지? 상상이 안 되네. 만나보고 싶다."

"그렇구나, 작은아버지가 계시는구나."

배가 조금씩 육지에 가까워지고 있다는 것을 알 수 있었다. 하늘이 하얘질 무렵 해안에서 본 것은 안개 속에 떠오른 로맨틱한 실루엣의 항구 마을 풍경이었다. 그것이 지금, 아침 해가 들춰낸 실체는 낡은 아파트와 쇠락한 호텔의 모습이었다. 거리를 오가는 사람들의 피곤한 얼굴은 국가 행사에 동원될 때 보이는 표정과 대조적이었다.

두 사람은 하선 준비를 위해 선실로 돌아갔다.

배에서 내린 조대생들은 각자 캐리어를 끌며 항구 세관 앞에 줄을 섰다. 남학생들은 같은 배를 타고 온 '가족 방문단'의 가방과 짐을 옮기고 있었다. 1959년에 시작된 '귀국 사업(북송 사업)'으로 북에 건너간 가족들을 만나기 위해 온 특별 투어 참자가들은 자식을 조국에 보낸 재일 교포 1세대가 대부분이라 평균연령이 높았다.

미영은 '가족 방문단' 한 사람 한 사람에게 친근감을 느꼈다. 북에 있는 가속과 '면회'를 하는 체류는 단순한 관광과는 차원이 다르다는 사실을 고급학교 때 겪은 바 있다. 정치경제학부, 역사지리학부, 문학부의 3개 학부 3학년생으로 구성된 '조선대학교 조국 방문단' 중에 직계가족과 만나는 사람은 미영 혼자라고 들었다. 친척을 만난다는 동급생은 적잖이 있었다.

세관에는 입국 전 소지품 검사를 위한 줄이 길게 늘어서 있었다. 마약, 총기류 등의 위험물 반입을 검사하는 외국 세관과 달리, 북조선 입국 검사에서 철저하게 조사하는 것은 인쇄물이었다. 이과 전문 서적과 사전만 허용되며(이 또한 검열을 했다), 사회과학 서적, 소설, 잡지, 신문 등의 인쇄물은 종이 쪼가리라도 몰수되었다. 이를 적발하기 위해 방문객 캐리어와 가방을 전부 열었다. 아무튼 시간이 걸렸다.

적외선카메라를 통과한 미영의 짐이 세관 조사관 앞에 놓였다. 조사관이 캐리어를 열고 내용물에 대해 질문했다. 의류, 기초화장품, 식품, 의약품 등을 보여주며 설명하자 조사관이 곱게 포장된 꾸러미를 가리켰다.

"이것은 무엇입니까?"

"언니에게 선물할 시디입니다. 음악입니다."

"시디?"

"레코드 비슷한 겁니다. 캐리어 옆 상자에 시디플레이어가 있습니다. 서양 음악 중에 클래식은 괜찮다고 들었습니다. 문제없을 겁니다."

"전문 기계군요. 담당자를 부를 테니 여기서 기다리시오."

문이 열리고 전문 조사관이라는 사람이 와서 짐과 함께 미영을 다른 방으로 데려갔다. 약 3평 정도 크기의 방 가운데에 커다란 테이블이 있고, 조사관이 네 명이나 서 있었다. 조사관들이 미영의 짐을 테이블 위에 펼쳐 내용물을 조사하기 시작했다.

"이 꾸러미를 여시오."

미영은 언니에게 줄 선물을 꺼냈다. 시디가 깨지지 않게 에어 캡으로 감싸 종이 상자에 넣고, 꽃무늬 포장지로 포장한 다음 리본으로 묶어놓았다. 리본 풀기를 주저하자, 조사관 하나가 난폭하게 포장을 찢었다. 열다섯 장의 시디가 나왔다.

"모든 음악 테이프는 평양 검열 기관에 보내 문제가 없으면 이삼 개월 후 수취인에게 전달합니다. 알겠습니까!"

"곤란합니다! 체류 기간 동안 언니와 들으려고 샀습니다. 보세요. 아직 포장도 뜯지 않은 클래식 음악 시디입니다."

"평양의 전문가가 검열하는 게 규정입니다."

"그럼 이 자리에서 들어보세요. 제가 시디플레이어를 가지고 있습니다."

미영은 숄더백에서 휴대용 시디플레이어를 꺼냈다. 쇼팽 시니의 쏘상을 뜯어서 플레이어에 넣은 다음, 이어폰을 조사관에게 내밀었다. 한동안 음악을 듣던 조사관은 다른 시디로 바꾸라고 명령했다. 미영은 남은 열네 장의 시디 포장을 차례차례 뜯었다. 벽도 바닥도 천장도 콘크리트로 둘러싸인 차가운 방에 시디 포장 비닐이 난무했다. 뭐가 뭔지 알 수 없는 나머지 자포자기 상태가 됐다.

"참 많이 가져왔는데, 이만큼 필요합니까?"

여성 조사관이 신기하다는 듯이 시디를 만지작거렸다.

"언니는 음악가라서 이것도 모자랄 지경입니다. 전부가 안 되면 두세 장만이라도 가져가게 해주세요. 13년 만에 언니와 함께 듣고 싶습니다. 그러려고……."

조사관에게 애원하는 미영의 눈이 빨갰다.

"알겠습니다. 지금 들어본 두 장만 예외로 하겠습니다. 나머지는 평양 검열 기관에 보내겠습니다."

그 자리에서 열세 장을 넘겨주고 두 장을 건네받았다. 미영은 시디를 캐리어에 넣고, 시디플레이어가 든 박스와 숄더백을 들고 방을 나섰다.

세관 앞에 버스 두 대가 대기 중이었다. 정치경제학부 한대, 역사지리학부와 문학부 한 대. 항구 쪽의 김일성 주석동상 앞에 내려 전원이 줄 지어 서서 헌화를 하고 머리 숙여인사했다. 다시 버스에 올라 서쪽으로 200킬로미터 떨어진평양으로 향했다. 수도 평양까지는 버스로 세 시간 가까이걸렸다.

고속도로라 불리는 콘크리트 국도를 따라 산과 밭이 펼쳐져 있었다. 밭 여기저기 돌이 굴러다니는 걸로 봐서 농사에적합한 땅이 아니라는 사실은 분명했다. 사람들은 수작업으로 옥수수나 벼, 채소 등을 길렀다. 밭일을 돕던 아이들이버스를 보고는 굳이 일어나서 경례를 하고 손을 흔들었다.

버스 가이드가 설명을 시작했다. 어딘가 도호쿠 사투리와비슷한, 탁음이 부드러운 북조선 말이 정겨웠다. 중년의 여성 가이드는 세계인들이 '혁명의 수도 평양'을 얼마나 우러러보는지 설파했다. 김일성 주석의 현지 지도에 대해 이야기하면서 친애하는 지도자 김정일 동지의 존재를 항상 덧붙였다. 4년 전 방문했을 때는 '영광스러운 당 중앙'이라는 대명사를 썼었다. 어느새 노골적으로 세습을 어필하게 되었군,미영은 마음속으로 어처구니없어했다. 역사지리학부와 문학부 학생들이 노래를 부르기 시작했다. 콘크리트 길을 시속 100킬로미터 이상의 속도로 달려 격렬하게 흔들리는 버스 안에서, 조국애와 혁명으로의 충성을 소리 높여 노래하는 동급생들은 더욱 고양되고 있는 듯 보였다.

미영은 4년 전 언니의 말을 떠올리고 있었다.

'주변에 휩쓸리지 말고, 감상에 빠지지 말고, 이 나라의 현실을 제대로 봐줘.'

언니는 호텔 로비에서 '면회'할 때 그 말을 종이에 써서 보여주었다. 미영이 그것을 읽자 언니는 종이를 잘게 찢어서 주머니에 넣었다. 안내인들이 지나가면 언니는 곧장 화제를 바꿔, 사회주의 조국의 훌륭함에 대하여 말했다. 마치 벽이나 천장에 대고 말하는 것 같았다. 정말 도청당하는 거야? 몸짓으로 묻는 미영에게 고개를 끄덕이며 웃는 얼굴로 다른 이야기를 하던 언니의 얼굴을 떠올렸다. 얼마나 강인하게 살아야 그런 얼굴로 웃음 지을 수 있게 되는 것일까. 미영은 그때 본 언니의 얼굴을 잊은 적이 없었다.

평양 시내로 들어서자 경치가 급변했다. 고층아파트가 늘어선 대로에는 트롤리버스가 달리고 있었고, 자전거로 출퇴근하는 남자들과 세련된 여성들도 많이 보였다. 버스가 곧장 향하는 곳은 김일성 주석의 거대한 동상이 있는 만수대였다. 북조선을 방문하는 모든 사람은 선택의 여지없이 강제적으로 이곳에 들러 꽃을 바치며 머리를 숙여야 한다. "조선대학교 학생 방문단도 주석님께 경의를 표하고자 만수대로 달려올 수밖에 없었습니다"라는 내레이션을 들으며, 자신들의 모습이 내일 평양방송 뉴스에 나오리라 예측할 수 있었다. 미영은 홍이 깨진 마음으로 고개를 숙였다. 빨리 호텔로 가고 싶었다. 동생이 오기를 학수고대하고 있을 언니가 4년 전처럼 호텔 앞에서 기다리고 있을지도 몰랐다.

거대한 동상 앞에서 기념사진을 찍은 후, 버스를 타려고 하는 미영에게 안내인으로 보이는 정장 차림의 남자가 말을 걸어왔다.

"문학부 박미영 동무, 조국에 오신 것을 환영합니다. 저는 해외동포 사업부의 최 지도원이라고 합니다. 여러분의 체류 기간 동안 문학부를 담당합니다. 언니인 박미희 동무 일로 드릴 말씀이 있습니다."

미영은 지도원의 얼굴을 똑바로 바라보았다.

"박미희 동무 부부는 지방 교향악단을 지도하는 새로운 임무를 맡아, 한 달 전에 신의주로 이사했습니다. 평양 면회는 불가능하다는 점을 양해해주시기 바랍니다."

"신의주라니, 중국 국경 근처로요?"

"예. 이번 방문 기간에 신의주에 갈 예정은 없습니다. 언니 분과의 만남은 어렵겠습니다."

"그런 법이! 대체 어떻게 된 거죠? 오사카의 부모님께서도 언니가 이사 갔다는 말은 없었습니다. 언니를 만나기 위해 여기까지 왔어요!"

미영의 목소리가 주위에 울려 퍼졌다. 버스를 타려던 댄서, 강기생, 문학부 교수인 바코드가 달려와 최 지도원에게 설명을 들었다. 미영은 할 말을 잃었다.

"호텔로 출발합니다! 버스에 타세요!"

운전기사의 목소리에 모두가 움직였다. 미영은 댄서의 부축을 받으며 버스에 올라타 그저 멍하니 창밖을 바라보고 있었다.

차창으로 보이는 경치와 거리를 오가는 사람들을 눈으로 좇으며 언니를 찾았다. 혼자 걷는 여자, 남자와 걷는 여자, 아기를 안고 걷는 여자……. 모두 언니처럼 보이지만 언니가 아니었다. 신의주라는 지명은 교과서를 통해 익숙했으나, 거리의 풍경은 상상할 수 없었다.

호텔에 도착해 짐을 놓고 방을 배정받았다. 미영은 댄서와 한 방에 묵게 되었다. 방 열쇠와 함께 열흘간의 일정표를 받았다.

　1일: 저녁, 평양 도착. 밤, 가족 면회(면회 식사 있음).

　2일: 만경대(김일성 주석 생가), 박물관 등 관광.

　　　밤, 혁명 가극 관람.

3일: 금강산(버스로 출발, 1박).

4일: 금강산(밤, 평양 도착).

5일: 판문점 방문(당일치기).

6일: 평양 시내 관광(학생 소년 궁전에서 공연 관람), 토론회.

7일: 백두산(비행기로 이동, 1박).

8일: 백두산(밤, 평양 도착).

9일: 학습 토론회, 총화(밤에 가족 면회 식사 있음).

10일: 아침, 평양 출발. 세관 검사. 저녁, 원산항에서 일본으로.

미영은 최 지도원의 방으로 찾아갔다. 언니는 이사를 가서 면회가 어렵다, 그는 그 이상 설명해주지 않았다. 또 미영은 가족 방문단이 아니므로 가족을 만나러 지방에 가는 것은 허용되지 않는다고 힘주어 말했다.

방으로 돌아온 미영은 캐리어를 열어 필사적으로 확보한 시디 두 장을 에어 캡과 꽃무늬 포장지로 감싸고 다시 핑크 리본을 둘렀다.

신의주로 이사를 갔다……. 어떻게 하면 만날 수 있지.

열세 장의 시디가 언니에게 전달될지도 알 수 없었다.

평양 체류 첫날 밤에는 시내에 사는 가족 친지와의 면회가 예정되어 있었다. 미영은 하는 수 없이 면회 예정이 없는 학생들 테이블에 같이 앉았다. 다른 테이블에서는 귀국자인 친척들과 함께 식사를 하는 학생들 모습이 보였다. 대부분 안면이 없는 친척과 테이블을 둘러싼 학생들의 표정은 딱딱했고, 면회를 온 가족들의 얼굴에도 긴장감이 감돌았다.

작은아버지 가족과 식사를 하던 댄서가 미영을 테이블로 불렀다. 중년 남성이 인사를 건넸다.

"안녕하세요. 경자의 작은아버지입니다."

"처음 뵙겠습니다. 박미영이라고 합니다."

"박미희 동무 동생분이 우리 조카와 친구라니 반갑습니다. 언니 일은 갑작스러워서 놀랐지요? 그렇지만 신의주라서 다행입니다."

"언니를 아시나요?"

"일본에서 온 귀국자 사회는 좁으니까요. 언니 부부는 금슬이 좋다고 평판이 좋은 데다, 부부 음악가는 드물고요. 그래도……."

그는 주위를 의식하는 듯했다.

"미영, 식사가 끝나고 작은아버지만 방에 오실 거니까 나중에."

눈을 가늘게 뜨고 고개를 끄덕인 댄서의 작은아버지가 일어나 악수를 청하자 아내와 초등학생, 중학생 정도의 아들과 딸도 의자에서 일어나 미영에게 인사했다.

식당을 나선 미영은 방에서 댄서를 기다리려고 엘리베이

터를 탔다. 다른 식당에서 식사를 마친 가족 방문단도 여럿 있었다. 나이 든 여자들은 간토 지방의 일본말과 우리말이 섞인 교포어로 말을 했다. 내일은 귀국자 자녀들이 살고 있는 아파트에 갈 것이라고 했다.

"늙은이 취급하니? 난 괜찮다. 손주 얼굴 하나 보려고 일본에서 온 거야. 교통사고로 입원을 했으면 내가 신의주까지 만나러 가야지. 귀한 손주가 어떤 병원에 있는지도 봐둬야 하잖아."

"어머님, 그 몸으로 열차 여행은 무리예요. 신의주까지 몇 시간 걸리는 줄 아세요……? 신칸센이 아니라고요."

며느리와 시어머니로 보이는 가족 방문단의 대화에 미영은 정신이 번쩍 들어 자기도 모르게 대화에 끼어들었다.

"저기, 신의주에 가시나요?"

"원래는 차로 갈 계획이었는데 홍수로 통행금지가 된 것 같아요. 원래 도로 상황이 나빴으니까요. 기차를 타고 간 적이 있는데 너무 힘들어요. 몇 시간 걸릴지도 모르고. 이 나라에는 시간표라는 게 없는지."

"가, 감사합니다! 실례했습니다!"

미영은 두근거리는 마음을 억누르며 방으로 돌아갔다.

작은아버지와 방으로 돌아온 댄서는 천장과 벽을 손가락으로 가리키면서 도청을 의식하라고 주의를 줬다. 댄서는 텔레비전의 볼륨을 크게 올렸다. 다시 천장과 벽을 가리켰다.

세 사람은 한 침대에 앉았다. 얼굴을 가까이 맞대고 귓가에 속삭이며 필담을 나눴다.

"언니가 신의주로 이사 갔다는 게 사실이지요? 대체 뭐가 뭔지……."

"이사라고 했군요."

"네?"

"언니분 가족들은 평양에서 추방당했습니다. 당분간 관찰 기간이라고 할 수 있죠."

"그게 무슨 뜻이죠?"

"박미희 동무와 남편분은 훌륭한 바이올리니스트에, 사이도 좋고 아이까지 태어나서 행복해 보였습니다. 하지만 박미희 동무에게는 고민이 하나 있었는데, 바로 남편의 술버릇이었습니다. 폭력을 휘두르는 게 아니라 속내를 지나치게 드러내는 거지요. 무의식 중에 이 나라의 제도에 대해 불평을 하거나 외국 곡을 더 연주하게 해달라고 했습니다. 저도 들은 적 있습니다. 여기에서 작곡된 혁명 가곡밖에 연주할 수 없는 것이 괴로웠나 봅니다."

"고작 불평 정도로 평양에서 추방을 당하다니."

"일시적이니 그나마 운이 좋은 편입니다. '그들'을 비판하면 평양 추방으로 끝나지 않습니다."

작은아버지는 벽에 걸린 김일성과 김정일의 초상화를 가

리켰다.

"일시적이라면 얼마 동안이죠?"

"경우에 따라 다르죠. 1년, 5년, 10년, 30년……."

미영은 얼굴을 가리고 크게 한숨을 쉬었다.

"술버릇은 어쩔 수 없죠. 주변에서는 언니에게 이혼을 권했을 겁니다. 하지만 함께 신의주로 갔죠. 존경스럽다는 사람도 손가락질하는 사람도 있었어요."

"이혼하면 어떻게 되나요?"

"남편만 추방되고, 아내와 아이들은 평양에 남습니다. 특별한 이야기가 아닙니다."

"그렇게까지 칼같이 자르나요?"

"살기 위해서니까요. 아직 학생한테 이런 이야기를 하기는 그렇지만, 부모님이 빨리 오셔서 해외동포 사업부 담당자와 직접 담판을 짓는 것 외에 방법이 없습니다. 이런저런 공이 들 거고요."

"돈이요?"

댄서가 솔직하게 물었다.

"뭐, 그런 거지."

작은아버지가 미영을 불쌍하다는 듯이 바라봤다.

"아까 신의주라서 다행이라고 하셨는데."

"신의주는 중국과 국경을 사이에 두고 왕래가 잦기 때문에 지방치고는 물자가 풍부한 도시입니다. 그래도 평양을 떠

166

났으니 고생이 많을 겁니다. 예술가 부부고요."

"신의주 교향악단을 지도한다고 들었습니다."

"평양 외의 도시에 교향악단이라뇨……. 악단은커녕 악기도 보기 힘들 겁니다. 이 호텔에는 국제 통신실이 있지만, 부모님께 전화를 드릴 때도 도청될 거라는 걸 전제로 하세요. 저한테 들은 이야기는 일본에 돌아가서 부모님께만 말씀하시고요. 저도 곤란해집니다. 조카가 하도 친구 걱정을 하길래 조금 주제넘게 나섰습니다. 부디 마음 단단히 먹고, 앞으로도 경자하고 사이좋게 지내주세요."

"정말 감사드립니다. 절대로 폐는 끼치지 않겠습니다."

깊이 허리를 숙이는 미영의 손을 작은아버지가 세게 잡아줬다.

댄서가 호텔 정문까지 작은아버지를 배웅하고 오겠다며 함께 방을 나섰다. 혼자 남겨진 미영은 그때 처음으로 텔레비전의 볼륨을 인식했다. 무엇을 어떻게 이해하고 받아들여야 할지, 눈물도 나오지 않았다. 방 안에 〈지도자 동지를 흠모하며 영원히 충성의 길을 걷다〉라는 제목의 노래가 큰 소리로 흐르고 있었다.

이른 아침부터 김일성 주석의 생가, 조선혁명박물관, 전쟁승리기념관, 철도박물관 등을 돌면서 반복되는 혁명적인 해설을 들었다. 조대생들은 가이드의 설명을 메모하는 등 적극적인 학습 태도를 보였다. 언니 걱정에 한숨도 자지 못한 미영은 마치 염불 같은 가이드의 해설을 듣자 현기증이 났다. '혁명 정신, 희생정신, 충성, 애국, 승리' 같은 단어들이 머릿속에서 맴돌았다. 교조적인 문구에 익숙해진 줄 알았지만, 단어 하나하나에 혐오감을 느꼈다.

저녁 식사는 평양냉면으로 유명한 옥류관에서 먹었다. 남학생들은 큰 쟁반 같은 대접에 담긴 엄청난 양의 냉면을 몇 그릇이나 먹을 수 있나, 많이 먹기 대회라도 나온 것처럼 들떠 있었다. 식욕이 없던 미영은 식당에서 나와 로비 소파에 앉아 생각에 잠겨 있었다. 댄서가 디저트로 나온 아이스크림을 갖다주었다.

"조금이라도 먹어두지 않으면 쓰러져. 아이스크림은 먹을 수 있겠어? '레이디 보덴일본에서 판매되는 고급 아이스크림 제품'만큼 맛있어."

미영은 무리해서 아이스크림을 입으로 가져갔다.

"내가 지금부터 중요한 이야기를 할 건데, 거절하지 않겠다고 약속해. 작은아버지와 의논해서 나름대로 생각해본 결과, 제안할 게 있는데."

"제안?"

"미영, 신의주에 다녀와. 여기까지 와서 언니도 못 만나고 돌아가다니, 있을 수 없는 일이야. 이대로 일본에 돌아가면 이것저것 생각하다가 병날걸."

"그야 물론 가고는 싶지만……"

"작은아버지가 그러시는데, 문학부 담당인 최 지도원은 융통성이 있는 사람이래. 그러니까 눈 딱 감고 돈을 주면서 따로 신의주에 데려다달라고 부탁하면 어떨까? 작은아버지께 전해달라고 아버지가 맡기신 현금이 있는데, 네가 먼저 쓰고 나중에 돌려주면 돼. 작은아버지한테 양해도 구했고. 사실 이것도 작은아버지 아이디어야."

"그건 안 돼! 마음은 정말 고맙지만……."

"순서가 좀 바뀌는 것뿐이야. 작은아버지 말로는 이 나라에서 외화를 받고 움직이지 않을 사람은 없대. 그렇게라도 하지 않으면 언니를 못 보고 돌아가게 될 거야. 내일부터 평양을 벗어나는 일정도 많고. 빠를수록 좋아, 오늘 밤에 담판을 지어."

"……."

"알았지? 이사라는 말은 믿는 척해. 그래도 동생을 만나러 오지 않다니 병이라도 난 게 아닌가 걱정이다, 내 눈으로 봐야 납득이 되겠다고 해!"

"……."

댄서의 제안은 기뻤다. 미영도 언니에게 줄 현금을 어머니에게 받아서 갖고 있었지만, 10만 엔 정도였다.

"언니도 갑자기 지방에 가서 힘들 거야. 사양하면 나 화낸다? 곤란할 때 서로 의지가 되는 게 친구 아냐?"

"고마워."

"체면이 중해도 돈 싫다는 사람 못 봤어. 작은아버지 말씀이 여기는 사회주의도 자본주의도 아닌 '외화제일주의' 국가래. 일단 해보는 거야!"

"응, 시도해볼게. 정말 고마워."

미영의 눈에서 눈물이 쏟아졌다.

옥류관에서 호텔로 돌아온 미영은 최 지도원을 찾아갔다. '안내인'이라고도 불리는 이들은 보통 일본에서 온 방문단과 있는 동안 집에 돌아가지 않고 호텔에 묵는다. 다양한 방문단을 맡은 안내인들의 대기실 같은 방은 호텔 객실과는 딴판인 소박한 공간이었다.

최 지도원과 미영은 1층 로비로 내려가 소파에 앉았다. 천 가방을 쥐고 있는 미영은 긴장한 나머지 온몸이 경직되어 있었다.

"무슨 상담입니까?"

"무리한 부탁이라는 건 잘 알고 있지만, 아무래도 언니를 만나지 않고 돌아갈 수는 없습니다. 저를 신의주에 가게 해주세요! 닷새 후의 백두산 관광은 빠져도 괜찮습니다. 고급학교 때 방문해서 백두산에 올라 안개 하나 없는 천지도 보았고, 이미 충분합니다."

"혁명의 성지인 백두산에 오르는 것은 단순한 관광 목적이 아닙니다."

"압니다. 모든 방문은 학습이자 혁명 정신을 기르는 과정······. 잘 알고 있습니다! 하지만 언니를 못 만나면 이번 조국 방문은 평생 괴로운 기억으로 남겠죠. 이사 간 곳에서 왜 언니를 평양으로 보내주지 않는지 납득이 안 됩니다. 특별한 이유가 있나요? 정말 언니가 신의주에 있긴 있는 겁니까? 편지도 전화도 못 하고 돌아가다니 너무합니다!"

"진정하세요. 박미영 동무 마음은 알겠지만······."

"그럼! 언니를 만나기 위해 평양에 온 저를 신의주에 가게 해주세요!"

"가족 방문단이 아니므로 지방에 있는 친척을 방문하는 것은 규칙에 위배됩니다. 그리고 언니는 신의주에서 나올 수 없습니다."

"신의주 교향악단은 그렇게 바쁩니까?"

최 지도원이 한숨을 쉬었다. 주머니에서 담배를 꺼내 테이블에 놓인 큰 유리 재떨이를 자신의 앞으로 당겼다. 미영은 천 가방에서 말보로와 100엔짜리 일제 라이터를 꺼내 최 지도원 앞에 놓았다.

"아직 학생인데, 어른 같은 행동을 하는군요. 감사합니다."

최 지도원은 국산 담배를 도로 주머니에 넣었다. 말보로 갑을 열어 한 개비를 꺼내 입에 물고 100엔 라이터로 불을 붙였다.

"조선 담배보다 맛있나요?"

미영이 솔직하게 물었다.

"분할 정도로 맛있네요. 게다가 이 라이터는 좋은 라이터입니다. 반드시 불이 켜지니까요."

연기를 뿜는 최 지도원의 얼굴이 피기 시작했다. 미영은 필터를 끼운 손가락 사이로 담배가 보이지 않을 때까지 피우는 사람을 처음 보았다.

"조국 방문 기간에 남성 안내인께는 외국 담배를 드리라고 어머니가 알려주셨어요. 게다가 저는 스물한 살이니 이미 성인입니다."

"어머니가 가족 방문단으로 오신 게 2년 전이네요. 아버님은 총련 대표단의 일원으로 종종 오시지만요."

미영은 자기 가족에 대해 술술 이야기하는 최 지도원이 자신의 데이터를 모두 갖고 있을 것 같다는 생각이 들었다.

"아버지는 정기적으로 오시지만, 어머니는 일본 회사에서 양재 일을 하고 계셔서 휴가를 받기 힘듭니다. 그래도 손녀가 태어난 2년 전에는 무리해서 오셨습니다."

"박미영 동무도 내후년에 졸업한 뒤에 조선학교 선생님이 되면 자주 조국을 방문해서 언니를 만날 수 있지 않겠습니까? 이번에는 좀……."

"교원은 안 될 겁니다."

"학교보다 총련 기본 조직에서 일하고 싶습니까?"

"아직 진로를 정하지 않았습니다. 그것보다……."

미영은 아무에게도 보이지 않도록 최 지도원의 양복 자락에 봉투를 밀어 넣었다.

"실례인 건 잘 압니다. 급한 부탁이니 여러모로 준비하시는 데 써주십시오. 저 혼자 행동할 수 없다는 건 알고 있습니다. 누군가 지도원분께서 신의주에 동행해주시면 괜찮지 않겠습니까. 어떻게 좀 해주십시오. 부탁드립니다!"

"박미영 동무는 보기보다 대담하시네요. 결과가 어떻게 될지는 모르지만, 급히 제안해보겠습니다."

최 지도원은 순식간에 봉투를 양복 안주머니에 넣었다.

미영은 재빠른 그의 몸놀림에 놀랐다. 그런 자신이 아이처럼 느껴졌다.

"가능한 한 알아보겠습니다."

"부탁드립니다!"

미영은 몇 번이고 고개를 숙였다.

"절대로 발설하지 않도록. 아시겠습니까? 하루 총화 시간이니 방으로 돌아가세요."

미영은 다시 깊게 허리를 숙이고 자기 방으로 돌아왔다. 하루 총화에서는 박물관 견학과 혁명 가극을 관람할 때 졸았던 일을 반성했다.

아침에 버스를 타고 삼팔선에 인접한 동해안에서 산악지대에 걸쳐진 경승지 금강산으로 향했다. 일본에서 온 방문단을 위해 세운 호텔에 체크인한 다음, 나무가 자라는 불가사의한 바위산에 올랐다. 신비한 계곡에는 에메랄드그린빛의 맑은 물이 흘렀고, 전설대로 구름 위에서 선녀가 내려올 것처럼 아름다운 산이었다.

"저거 뭐지? 설마."

멀리 우뚝 솟은 봉우리를 보던 미영은 자신의 눈을 의심했다. 김일성 주석과 김정일 장군을 기리는 구호가 새빨간 글자로 바위 곳곳에 새겨져 있었다. 저런 식의 자연 파괴가 허용되나? 시대가 바뀌면 저 슬로건은……. 입에서 튀어나올 뻔한 목소리를 가까스로 삼켰다. 어떻게든 신의주 방문 허가를 받고 싶었던 미영은 문제를 일으키지 않도록 노력하기로 다짐했다.

평양에 돌아온 다음 날, 비무장지대인 판문점을 방문했다. 잘생긴 인민군의 조국해방전쟁(한국전쟁)과 남북 휴전협정에 대한 해설도 뜬구름일 뿐, 미영은 오직 신의주에 갈 수 있을지만 생각했다.

체류 6일째 저녁, 김일성경기장에서 매스게임을 관람했다. 일사불란한 움직임으로 다양한 '그림'을 선보이는 아이들의 퍼포먼스에 모두 환호를 지르며 갈채를 보내고 있었다. 미영은 많은 사람이 일제히 움직이는 모습에 압도되는 한편, 전체주의의 이질감에 소름이 돋았다. 퍼포먼스를 펼치는 방대한 규모의 학생들에게도 도시락이 준비되어 있을까? 그들은 집에 가서 목욕을 할 수 있을까? 주위에 맞춰 박수를 쳤지만, 마음속 문답은 그치지 않았다.

"그대로 조용히 듣기만 하세요."

최 지도원이 미영 옆에 앉았다. 혁명 가곡이 경기장에 크게 울려 퍼지는 가운데, 최 지도원은 미영 쪽으로 약간 몸을 기울여 낮은 목소리로 말했다.

"내일 아침 일찍 기차로 신의주에 갑니다. 언니를 만나고 당일에 평양으로 돌아옵니다. 다른 분들은 비행기로 백두산에 가서 모레 돌아올 겁니다. 사람들이 돌아올 때까지 혼자 호텔에서 지내게 되는데 괜찮겠습니까?"

"네."

"신의주에서 체류하는 시간은 두 시간입니다. 당일에 돌아오므로 별도의 준비는 필요 없습니다. 내일 아침 5시 반에 호텔 현관에서 봅시다. 승용차로 평양역에 갈 겁니다. 그 차를 놓치면 내일은 다른 열차가 없으니 늦지 마십시오."

"알겠습니다."

최 지도원은 미영의 등을 두드리고 떠났다. 미영은 겨우 언니를 만날 수 있게 되었다는 기쁨을 음미하면서 매스게임으로 시선을 옮겼다. 하지만 눈물이 앞을 가려 아무것도 보이지 않았다. 두 시간의 면회. 무슨 말을 하면 좋을까. 언니의 웃는 얼굴이 마음속에 떠올랐다.

미영과 최 지도원을 태운 차량은 짙은 안개 속에서 평양역으로 향했다. 넓은 도로에 자동차는 거의 눈에 띄지 않았지만, 시내를 달리는 트롤리버스는 승객이 넘치다 못해 떨어질 정도로 붐볐다.

전방에 평양역이 보였다. 앤티크한 건물 한가운데에 시계탑이 있고, 그 아래에는 김일성 주석과 김정일 장군의 초상화가 있었다. 그곳은 베이징과 모스크바로 연결되는 국제 열차의 시발역이자 종착역이기도 했다.

붉은 형광등으로 만든 '평양'이라는 글자가 마치 과거로 타임 슬립을 한 듯한 착각을 불러일으켰다. 글자 바로 아래, 역 정문에 승용차가 도착했다.

서서 담배를 피우는 남자들과 땅바닥에 앉아서 기차의 출발을 기다리는 여자들이 있었다. 검은색 승용차 뒷좌석에 앉아 있던 미영은 자신에게 쏟아지는 사람들의 시선에 숨을 죽였다. 이렇게 가까이서 일반 시민들을 한꺼번에 보는 것은 처음이었다. 언제나 버스 안에서 창 너머로 그들을 보았고, 호텔이나 극장에서는 정장 차림의 엘리트 같은 사람들만 만났다. 남자들은 대부분 인민복을 입고 있었고, 모자를 쓴 사람도 많았다. 여자들은 햇볕에 그을린 피부에 화장기 없는 얼굴로 큰 보따리나 가방을 안고 있었다. 옷깃과 소매에는 기름때 같은 것이 묻어 있었다. 남녀 모두 맨발에 운동화를 신은 사람이 많았고, 표정은 살벌했다.

승용차에서 정장 차림의 최 지도원과 미영이 내리자 순식간에 시선이 쏠렸다. 새하얀 블라우스에 빨간 리본을 매고 남색 정장을 입은 미영은, 흰 양말에 가죽 로퍼를 신고 있었다. 어깨까지 늘어뜨린 곱슬머리를 흔들며, 언니에게 줄 물건이 담긴 큰 종이봉투를 들고 걸었다.

미영은 걸음을 내디딜 때마다 먼지 냄새가 나는 건조한 공기에 샴푸 향이 퍼지는 것을 자각했다. 외출 전에 습관적으로 귓불 뒤와 손목 안쪽에 향수를 뿌리고 온 것을 후회했다. 사람들의 흐름에 섞여 역으로 들어가려고 하자, 뭔가를 중얼거리면서 미영에게 다가오는 어른과 아이들이 있었다.

"이봐! 우리 총련 방문단 선생님이시다. 비켜."

최 지도원의 한마디에 미영의 신분이 증명되자 사람들이 일제히 길을 터주었다. 엄마와 손을 잡고 서 있던 소녀가 미영에게 미소 지었다. 더러운 옷에 구멍 난 운동화를 신은 소녀의 얼굴에는 콧물 자국이 선명했다. 미영도 소녀에게 웃어보였다. 험상궂은 표정의 어머니가 소녀의 팔을 당기며 다른 곳으로 데려갔다.

"입구는 저쪽입니다."

최 지도원이 미영의 짐을 들면서 외국인 전용 입구로 안내했다. 미영은 약간의 소외감을 느끼며 따라갔다. 시간 여행이라도 온 듯한 승강장은 철골이 드러나 오래된 영화 세트장 같았다. 외국인 전용 입구로 들어가자마자 평양과 신의

177

주를 잇는 평의선의 특별일등차량 승강장이 보였다.

여성 차장이 일부러 승강장까지 내려와서 특별일등차량 좌석으로 두 사람을 안내했다.

검게 빛나는 차량 내부로 들어간 미영은 무심코 눈을 크게 떴다. 좌석 머리 부분에 흰색 레이스 커버가 씌워져 있었다. 창가에 비치된 작은 테이블에도 레이스 커버가 깔려 있었다. 도자기로 된 작은 커피 잔, 유리병에 든 생수와 사이다, 접시에 놓인 사과와 사탕.

"오늘은 승객이 적으니까 원하는 좌석에 앉으세요."

짙은 화장을 한 통통한 여성 차장이 웃는 얼굴로 말했다. 미영은 진한 빨간색 립스틱이 제복에 어울리지 않는다고 생각했다.

최 지도원은 차량 중간에 자리를 잡았다. 두 사람은 마주 보고 앉았다.

"아, 그렇구나. 이런……."

미영이 곤란한 듯 작은 소리를 냈다.

"왜 그러십니까?"

최 지도원이 흥미롭게 미영의 움직임을 지켜보고 있었다.

"아뇨, 아무것도 아닙니다."

좌석에 앉은 미영은 몸을 꼼지락거렸다. 특별일등차량인데 등받이를 뒤로 젖힐 수 없는 것은 둘째치고, 직각 나무 벤치 같은 좌석에 충격을 감추지 못했다. 좌석도 등받이도 딱딱해서 편히 쉬기는커녕 부자연스러운 자세를 강요당하듯 허리부터 목까지 괴로웠다. 자세를 편하게 하기 위해 이리저리 노력하다 포기했다. 불편함을 들키지 않고자 필사적으로 감추면서 최 지도원에게 말을 걸었다.

"언제 출발하죠?"

"준비가 되면 갑니다."

웃음이 날 지경이었다. 더 타는 손님이 없는데 출발하지 않는 것을 이상하게 생각한 미영은 승강장 쪽 창문을 열고 밖을 내다봤다. 그리고 할 말을 잃었다.

옆 차량은 이미 사람이 더 탈 수 없는 상태였는데 무리해서 열차에 오르려는 이들이 말다툼을 벌이다가 금방이라도 싸움이 시작될 것 같은 불안한 상태였다. 미영이 놀라서 보고 있자 승강장에 있던 사회안전원, 즉 경찰이 와서 창문을 닫도록 지시했다. 최 지도원이 급히 창문을 닫았다.

"이 칸에 타면 안 되나요? 이렇게 빈자리가 많은데⋯⋯."

"이쪽은 외국 손님 전용 차량입니다."

차내를 둘러보니 호텔에서 본 가족 방문단 몇 사람이 안내인들과 담소를 나누고 있었다. 가족 방문단 노인들은 이 나라 상황에 면역이 있는 듯, 놀란 기색도 없었다. 다른 좌석에는 머리를 갈색으로 염색한 청바지 차림의 아시아인 무리가 있었다. 일본에서 온 방문단과는 분위기도 달랐고, 중국말을 하는 것처럼 들렸다.

"평양에 살고 있는 화교들입니다."

최 지도원이 미영의 호기심을 눈치채고 가르쳐주었다.

30분 정도 지나, 열차는 평양역을 출발해 천천히 달리기 시작했다. 어제까지 버스에서 보던 것과는 전혀 다른 풍경이 펼쳐졌다. 밭이 있고, 드문드문 집과 사람과 황소가 있는 목가적인 풍경이었다.

최 지도원이 작은 테이블에 놓인 사과를 권했다.

"아마 북촌 사과일 겁니다. 작지만 맛있어요. 북촌은 사과 산지로 유명한데, 알고 있습니까?"

"예, 중학교 지리 수업 때 배웠습니다."

"일본 사과는 어디가 유명한가요?"

"아오모리요. 저는 '후지'라는 사과를 좋아합니다."

"후지산의 후지입니까. 일본 과일은 아주 맛있다고 들었습니다. 박미영 동무, 당일치기인데 짐이 많네요."

"이 상자는 일본에서 가져온 시디플레이어입니다. 음악가인 언니 부부가 아직 시디를 들어본 적이 없다고 해서요. 레코드보다 음질이 좋아요. 그리고 어젯밤, 호텔 카페에서 롤케이크를 샀습니다. 담배도 많이 샀어요, 형부가 담배를 피워서. 최 지도원 드릴 것도 한 보루 샀습니다. 받으시죠."

"아니, 저는……."

"여러모로 애써주셔서 정말 감사합니다. 제 성의니까 받아주세요."

미영은 말보로 열 갑이 든 상자를 내밀었다.

"그럼 고맙게 받겠습니다."

최 지도원은 길다란 상자를 가방에 집어넣었다.

"휴식 시간에 호텔 카페에서 먹었던 롤케이크가 맛있길래 샀습니다. 언니는 카스텔라를 좋아하거든요."

"그렇습니까. 먹어본 적은 없지만, 그 호텔의 케이크는 인기가 있죠. 가족 방문단 동포들이 친척 집에 묵으러 갈 때 선물로 많이 주문한다고 합니다."

"호텔 매점에 바나나가 있었습니다. 점원이 선물로 좋다고 하길래 그것도 샀어요."

"바나나? 고급품이네요."

최 지도원은 평양을 떠나서 조금 긴장이 풀린 듯 미소 지었다. 수십 명의 학생을 담당하는 것과 한 사람만 돌보는 것은 업무량부터 다를 터였다.

"오사카에 계신 어머니께서 보낸 기념품도 있습니다. 조카 기저귀와 아동복, 약, 생활용품이 들어 있어요."

"언니분이 좋아하시겠군요. 2년 전에 조국을 방문하신 박미영 동무 어머니를 기억합니다. 손녀를 만나러 왔다고 기뻐하셨죠."

"오사카의 저희 집 벽은 언니와 조카 사진으로 가득해요."

"따님과 손녀분들을 위해서라도 부모님께서는 애국 인생을 걸고 계시겠군요."

최 지도원은 칭찬이라고 한 것이겠지만, 미영에게는 곱게 들리지 않았다. 딸과 손녀가 인질로 잡혀 있는 거지, 속으로 독기를 내뿜었다.

잠시 후 작은 역에 도착했다.

"사람이 모여드니까 창문은 닫은 채로 두시죠."

미영이 창을 열려고 하자 최 지도원이 주의를 줬다. 옆 차량 앞에서 명령조로 외치는 남자 목소리가 들렸다. 미영은 무슨 일이 일어나고 있는지 확인하고자 창문에 얼굴을 붙이고 귀를 대면서 바깥을 살폈다.

"빨리 타! 출발한다! 안 탈 거면 열차에서 떨어져!"

난폭한 북조선 말투였다. 미영은 주의를 무시하고 창문을 열어버렸다. 눈을 의심하게 하는 광경이 펼쳐지고 있는 승강장은 마치 영화 촬영 현장 같았다. 최 지도원은 포기한 듯 더 이상 말리지 않았다.

일반 차량에 탑승하려는 시민을 경비원으로 보이는 몽둥이 든 남자들이 힘으로 으르고 있었다. 열차를 타려는 시민들은 구타를 당하면서 창문으로 짐을 던져 넣고 몸을 밀어 넣으며 올라타고 있었다. 그때, 누군가가 창문에서 상체를 내밀고 그 광경을 보던 미영의 팔을 잡으려 했다. 놀라서 몸을 물리자, 아이를 안은 엄마가 무언가 간청하는 것처럼 앞에 섰다. 품에 안긴 아이가 테이블에 있는 사과를 응시했다. 엄마도 아이도 명백한 영양실조였다. 놀란 미영이 창으로 사과를 내밀었다.

"거기! 특별차량에서 떨어져!"

누군가가 가시 돋친 목소리로 호통치자 엄마와 아이는 순식간에 도망쳤다. 아이에게 사과를 주지 못한 미영은 꼭 자신이 혼나는 듯한 기분이 들었다. 웬지 분하고 화가 났다. 엄마와 아이는 이미 보이지 않았다.

"왜 저런 식으로 말하는 거죠?"

"조국에도 문제가 많습니다. 보지 않는 것이 좋죠."

열차가 천천히 움직이기 시작했다. 한숨을 쉬며 창을 닫으려고 한 순간, 아까 그 엄마와 아이가 나타나 손을 뻗었다. 미영은 서둘러 창문을 열어 사과와 사탕을 던져주었다. 엄마와 아이는 눈 깜짝할 사이에 모습을 감췄다. 사과와 사탕을 받았는지는 알 수 없었다. 열차가 속도를 올리기 시작했다.

"바나나도 줄 수 있었는데……."

미영은 심하게 동요하고 있었다. 보지 말아야 할 것을 본 것일까. 잠깐이나마 그렇게 생각한 것이 엄마와 아이에게 실례인 것처럼 느껴졌다. 복잡한 심정이었다. 그 엄마와 아이가 언니와 조카라고 상상하니 가슴이 찢어질 것 같았다.

"만약 바나나를 건넸으면 저 둘은 다른 사람들에게 습격을 당해서 다쳤을지도 모릅니다."

"그런……."

무거운 침묵이 흘렀다. 여성 차장이 아무 일도 없었다는 듯이 사과와 사탕을 보충했다.

"조국의 사과, 많이 드세요."

"아, 감사합니다."

테이블 접시에 담긴 사과와 사탕을 보면서 엄마와 아이가 무사하기를 빌었다.

그 후에도 여러 역에 정차했지만, 미영이 창문을 여는 일은 없었다. 승강장에 있는 사람들은 멀리서 특별일등차량을 바라보았다. 일본에서 온 방문단을 보면 웃는 얼굴로 손을 흔드는 평양 시민들과 달리, 작은 역에서 마주친 사람들은 험악한 표정을 드러냈다. 평양 시민의 미소보다 이 짧은 여행에서 마주친 험상궂은 표정이 더 진솔한 모습일지도 모르겠다고 생각했다. 이 나라를 알기 위해서는 정말 많은 시간이 걸릴 것 같았다.

"슬슬 점심을 드실까요. 호텔 조리사에게 도시락을 부탁했습니다."

"아침 5시 반 전에 도시락을 만들어주신 건가요?"

"네, 맛있게 드십시오. 신의주에서는 식사 일정이 없기 때문에 지금 먹어두지 않으면 배가 고플 겁니다. 저녁도 돌아오는 열차에서 도시락으로 드실 겁니다."

"최 지도원의 도시락도 있나요?"

"저도 있습니다. 걱정 마세요."

면으로 싼 도시락을 전달받았다. 흰 천을 풀자, 오래 사용한 양은 도시락 통이 나타났다. 뚜껑을 여니 김밥, 계란말이, 도라지와 시금치나물, 돼지고기와 부추를 볶은 반찬들이 보기 좋게 놓여 있었다.

"와, 맛있겠다!"

"저는 뒷좌석에서 먹을 테니까 천천히 드세요."

최 지도원은 한 칸 뒤로 자리를 옮겼다. 미영은 유리병에 든 생수를 컵에 부었다.

"잘 먹겠……."

일어나서 뒷좌석 최 지도원의 도시락을 살짝 훔쳐봤다. 변색되고 울퉁불퉁한 양은 도시락 통에는 잡곡밥이 가득했고, 구석에 김치와 된장이 조금 담겨 있었다.

"같은 반찬이 아닌 걸 알고 자리를 옮기셨군요. 이렇게 다르다니."

"저는 이걸로 충분합니다. 방문단분과 같은 식사를 할 정도로 높은 간부가 아닙니다."

"이러시면 제가 마음 편히 먹을 수 없습니다."

"마음만으로 충분합니다. 고맙습니다."

"브이아이피 대접만 받으면 조국을 알 수 없습니다. 밥 색깔도 다르네요. 이 나라 사람들이 먹는 쌀을 저도 먹어보고 싶습니다."

"이 일을 오래 했습니다만, 미영 동무 같은 사람은 처음입니다. 솔직하시네요."

"너무 솔직해서 문제아라고 불립니다."

"문제아? 하하하."

최 지도원의 웃음소리를 처음 들었다.

두 사람은 마주 앉았다. 미영은 자신의 도시락 반찬과 김밥을 도시락 뚜껑에 담아 건넸고, 최 지도원 도시락에 있는 잡곡밥을 자신의 도시락에 옮겼다. 김치도 한 조각 받았다.

"역시 호텔 요리사가 만든 도시락이다. 맛있네요."

최 지도원은 조금 긴장하면서도 기쁘게 먹었다.

"저는 대학에 가서야 김치를 먹을 수 있게 되었습니다. 하지만 이것은 맛이 맹맹하네요."

"이것은 평양식 김치입니다. 지방에 따라 맛이 다르죠. 일본에서는 어떤 김치를 드시는지 모르지만……."

"요즘에는 일본 텔레비전 요리 방송에서 김치를 소개해요. 옛날에는 김치 냄새가 난다고 놀림당했는데. 세상이 바뀌었죠."

"일본 텔레비에 김치가 출연합니까?"

두 사람은 웃으며 도시락을 먹었다.

열차가 다시 작은 역의 승강장에 정차했다. 최 지도원은 도시락을 숨겼다. 식사 중인 자신들의 모습이 밖에 보이는 것을 피하고 싶었기 때문이리라. 미영은 창문에 얼굴을 가까이 하지 않고, 조용히 열차가 움직이기를 기다렸다. 이윽고 열차가 달리기 시작하자 미영은 서둘러 남은 도시락을 먹었다. 이렇게 꺼림칙한 기분으로 식사를 하기는 처음이었다.

아침 7시에 평양을 출발하고 약 여섯 시간이 지났을 무렵, 열차는 신의주역에 도착했다. 역 외부와 내부가 철창으로 나뉘어 있고, 콘크리트로 만들어진 승강장은 외부 도로와 이웃해 있었다.

미영은 어깨에 숄더백을 매고 오른손에는 시디플레이어 상사를, 왼손에는 롤케이크와 담배가 든 종이봉투를 들고 승강장에 내렸다. 특별일등차량 앞의 낯선 사람들 사이, 언니로 보이는 여자가 머리에 스카프를 두르고 서 있었다.

"미영아!"

언니 미희의 목소리였다. 미영은 가지고 있던 짐을 그 자리에 떨어뜨리고 빨려 들다시피 언니 품으로 뛰어들었다. 아무 말도 못 하고 그저 눈물만 흘렸다. 언니는 자신의 품에서 울고 있는 미영의 등을 여러 번 부드럽게 토닥였다.

"이사 갔다고 했어. 못 만난다고 들었어."

"미영이 네가 애썼네. 고맙다. 이런 곳까지 오게 만들어서 미안해."

두 사람은 오사카 사투리로 대화를 나눴다.

조금 떨어져 있던 최 지도원이 미영의 짐을 들고, 언니와 같이 있던 두 사람과 이야기를 하고 있었다. 언니는 최 지도원에게 깊이 허리를 숙였다.

역에서 나온 다섯 사람은 대기하고 있던 두 대의 차량에 나눠 타고 언니의 아파트로 향했다.

아파트는 역에서 차로 이삼 분 정도 거리에 있었다.
"이렇게 가까우면 걸어와도 됐을 텐데."

뒷자리에 언니와 나란히 앉은 미영이 말했다. 미영의 손을 어루만지고 머리를 쓰다듬는 언니는 마치 딸을 만난 엄마 같았다. 조수석에 앉아 있던 최 지도원은 두 사람을 방해하지 않으려는 듯 계속 입을 다물고 있었다.

뒷골목에 위치한 아파트 입구에 차가 섰다. 아파트 앞 광장에서 진흙투성이가 되어 놀던 아이들과 볕을 쬐던 노인들은 시커먼 승용차에 놀란 모양이었다. 사람들은 차에서 내리는 미영을 뚫어져라 쳐다보고 있었다. 언니는 이웃들에게 묵례하며 일행을 아파트 안으로 안내했다. 미영은 언니보다 예의 바르게 사람들에게 인사했다.

콘크리트의 싸늘한 촉감에 먼지 뒤섞인 냄새가 나는 아파트 현관으로 들어섰다. 벽에는 '생활도 학습도 항일 유격대식으로!' '세상에 부럼 없어라!'라는 슬로건이 걸려 있었다. 조선학교에서 어린 시절 배운 유명한 노래 제목이었다. 어두운 복도 끝에 위치한 엘리베이터 문이 열려 있었다. 중년 여성이 좁은 엘리베이터 구석에 작은 의자를 놓고 앉아 있었다. 왼손에 『위대한 수령 김일성 원수님의 말씀집』을 들고,

오른손으로 행선지의 층수 버튼을 눌러줬다.

"일본에서 온 여동생입니다. 조선대학교 학생 방문단의 일원으로 조국을 방문 중입니다."

언니가 소개하자 미영은 엘리베이터 당번 아주머니에게 인사했다.

"조국에 오신 것을 환영합니다. 우리는 세상에 부러울 것이 없을 만큼 행복하게 잘 살고 있습니다."

아수머니는 자랑스러운 듯 웃었다.

"안전을 위해서 주민들이 번갈아 엘리베이터 당번을 서는 거야."

아주머니는 언니가 동생에게 설명하는 것을 들으며 웃는 얼굴로 끄덕였다. 미영은 세상에 부러운 게 없는 사람이 어디 있느냐고 생각했지만, 더 고민하지 않기로 했다.

언니 집은 아파트 5층이었다.

현관문을 열면서 언니가 형부 이름을 여러 번 불렀다. 대답이 없길래 부재중인가 했을 때, 안방에서 잠에 취한 듯한 형부가 불쑥 나왔다.

"형부, 저 미영입니다! 4년 만이네요. 기억나세요, 형부?"

형부는 눈도 깜빡이지 않고 미영의 얼굴을 쳐다봤다. 4년 전에 만났을 때는 미영을 끌어안고 친동생처럼 반겨주던 형부가 오늘은 조금 서먹서먹해했다. 처제임을 인식하고 있는 지조차 의심스러운, 마치 무언가를 두려워하는 아이 같았다.

"안녕하십니까."

형부는 그렇게만 말하고 방으로 들어가버렸다.

"자, 들어오세요."

언니는 모두를 거실로 안내하고 부엌으로 들어갔다.

"오늘은 평양에서 여섯 시간 만에 도착했으니 다행이지요. 어서 안으로 들어오세요."

언니 옆에 있던 한 여자가 자기 집에 손님을 맞이하는 것처럼 말했다. 미영은 생활감 없는 방 분위기가 의아했다. 네 명의 손님과 다시 나온 매형이 소파와 의자에 앉았다.

언니가 양철 쟁반에 플라스틱 컵과 병에 든 사이다를 내왔다. 찬장이나 옷장은 없고, 테이블과 인원수대로 의자만 있었다. 오사카에 계신 어머니가 일본에서 현금과 물건을 보내고 있을 터인데 살림살이가 하나도 없었다. 평양에서 올린 언니 결혼식에 아버지가 참석했을 때, 어머니가 결혼식 의상부터 냄비와 식기에 이르기까지 생활용품을 잔뜩 포장해서 보낸 것을 떠올렸다. 옛날부터 멋쟁이였던 언니가 손님 접대에 낡은 플라스틱 컵을 쓰는 데에도 위화감이 들었다.

"방만 정해지고, 아직 살림도 갖추지 않아서……."

언니가 억지웃음을 지으며 말했고, 형부는 바닥을 쳐다보고 있었다.

침묵이 흘렀다.

미영은 짧은 체류 시간을 언니 부부와 오붓하게 보내고

싶었다. 가족 이외의 사람과 마주하면서 쓸데없는 시간을 보낼 여유가 없었다. 여러 번 손목시계를 봤다.

"곧 기차로 평양에 돌아갑니다. 가능하다면 언니와 둘이서 이야기하고 싶은데요."

미영의 요청에 언니 곁에 있던 남녀 두 사람이 곤란하다는 표정을 지었다.

"나가실까요? 모처럼 국경 도시에 왔으니 언니와 압록강을 산책하는 것도 좋을 겁니다."

최 지도원의 말에 모두 일어섰다. 미영은 신의주가 중국 국경과 닿아 있는 도시라는 것을 까맣게 잊고 있었다. 신경 써준 최 지도원이 고마웠다.

"딸아이를 데려가도 되나요?"

언니가 안방에서 아기를 안고 나왔다. 갓 두 살이 된 조카가 언니 품에 잠들어 있었다. 사진으로밖에 만나보지 못했던 미영은 성장한 조카의 모습에 가슴이 뜨거워졌다.

"미향이야. 너 아기 때랑 똑같다."

언니의 말을 듣고 어린 시절을 떠올렸다. 열한 살 위인 언니는 철이 들었을 때부터 밥을 먹여주고 옷을 갈아입히고 머리를 빗어줬다. 미영은 조카의 작은 손발을 만졌다.

"아, 키티 턱받이."

"어머니가 오사카에서 보내주신 거야. 성미도 급하지. 벌써 네댓 살까지 입을 옷이 다 있어. 평양에서 올 때 아이 옷

만큼은 전부 챙겨 왔다."

"안아봐도 돼?"

미영에게 안긴 조카가 깨서 울기 시작했다.

"미향아! 이모야. 처음 뵙겠습니다!"

'이모'라는 말에 정말 이모가 됐다는 실감이 복받쳐 올랐다. 미향의 볼에 얼굴을 부볐다. 솜털의 느낌과 젖내가 사랑스러웠다.

울음을 그치지 않는 조카를 언니에게 넘겨주고 포대기로 업는 것을 도왔다. 언니는 형부에게 집을 봐달라고 하면서 미영에게 인사하라고 재촉했다. 멍하니 선 형부는 반응이 없었다.

"형부, 오래 못 머물러서 죄송합니다. 다음에 가족 방문단으로 올 때는 집에 묵게 해주세요. 몸조심하시고. 미향이 사진도 많이 찍어서 보내주세요."

형부의 눈에는 눈물이 그렁그렁했다.

"네, 죄송합니다. 저는…… 진심으로 반성하고 있습니다. 잘 총화하겠습니다. 정말 미안합니다, 미안합니다. 더 반성하겠습니다."

미영은 울면서 사과하는 형부에게 손을 붙잡힌 채로 언니의 얼굴을 바라봤다.

"여보, 진정해요! 사과하지 않아도 돼요. 일본에서 미영이가 왔는데, 알겠어요? 좀 나갔다 올게요. 곧 돌아와요."

언니는 형부를 방에 있는 의자에 앉혔다.

집을 나온 후에도 형부의 상태가 걱정됐다.

대기하고 있던 차로 몇 분 달리니 공원 같은 광장과 산책로가 보였다. 산책로 저편이 압록강이고 그 건너편은 중국이었다.

차에서 내려 저마다 손목시계를 봤다.

"지금이 2시 10분. 50분 후, 3시에 역으로 갑니다."

최 지도원의 말에 전원이 다시 손목시계를 봤다.

"알겠습니다. 멀리 가지 않습니다."

언니는 업은 아기를 어르면서 미영의 손을 잡고 산책로를 향해 걷기 시작했다. 감시인 두 사람이 따라가려고 했지만, 최 지도원이 막았다. 세 사람은 50미터 떨어진 벤치에서 이야기하는 자매를 응시했다.

눈앞에 압록강이 흐르고 있었다.

지도에서만 본 역사의 산증인 같은 강이었다. 조선사 수업에 따르면, 시대에 따라 변화하는 한반도와 중국의 국경을 나타내는 상징적인 존재였다. 예로부터 '압록강을 건넌다'라는 말은 나라를 떠나 대륙으로 간다는 것을 의미했다. 강물의 수면은 잠잠하지만 한없이 깊고, 당장이라도 크게 파도치며 넘칠 것 같은 박력을 지니고 있었다. 북조선과 중국을 잇는 철교도 보였다. 국제 열차가 달리는 철교 옆에는 자동차가 다니는 다리도 있었다. 강 너머로 보이는 국경 도시는 자동차 통행이 많아 앞으로 건설 러시가 시작될 법한 생동감이 엿보였다. 북조선과 중국의 공동 구역인 압록강에 중국 측 유람선이 운행되고 있었다. 승객들이 이쪽을 향해 손을 흔들었다. 미영은 유람선의 승객들과 근거리에서 유람선을 바라보는 북조선 사람들을 번갈아 보았다.

"앞으로 45분. 미영이한테 무엇부터 어떻게 이야기하면 좋을까."

언니는 신중하게 단어를 골랐다.

"언니, 평양에 사시는 윤철희 동무라고 알아? 친한 친구 작은아버지인데, 이런저런 이야기를 들었어."

"어? 윤철희 동무를 만났어?"

댄서의 작은아버지에게 들은 말은 사실이었다. 자세한 경위를 들은 미영은 언니가 처한 가혹한 현실에 가슴이 찢어질 것 같았다.

"그런 슬픈 얼굴 하지 마. 평양 추방이라고 해도 이렇게 살아 있으니."

긍정적인 말은 진심일까, 동생을 걱정시키지 않으려는 허세일까. 수척해진 언니의 웃는 얼굴에 마음이 아렸다.

"형부가 뭔가 달라졌달까. 좀 이상해진 것 같아."

"그 사람, 매일 아침부터 밤까지 총화에 반성을 하느라고……. 구타도 당하고 정신적으로 병들었어. 악단 사람들 앞에서 서양 음악을 모독하라는 명령을 받았지. 무엇보다 사랑하는 클래식 음악을 욕하고 자기비판을 하다 어느새 정신을 놓아버렸어. 일본이었으면 우울증이라는 진단을 받았을 거야. 여기는 정신과 치료라는 게 없고, 격리병동에서 점점……."

"그래놓고 이제 와서 클래식 음악이 해금된 거야? 엉망진창이네."

"다른 서양 음악은 안 되지만, 최근에 갑자기 클래식만 허용되었어. 뭐든지 누구 한마디로 정해지니까."

"시디 많이 가져왔어. 아파트에 두고 온 상자는 시디플레이어야."

"정말 고마워. 악단 동료가 겨우 괜찮은 정신과 의사를 소개해주셨어. 그 사람한테 듣는 약은 음악밖에 없을 거라고. 그래서 어머니께 음반 목록을 보낸 거야."

"검열 때문에 세관에서 시디 열세 장을 몰수당했어. 언니한테 도착할까?"

"꼭 받아낼게! 여러모로 미안해. 미영이는 네 이야기를 해봐. 취미라든지 장래 희망이라든지. 뭐를 할 때가 제일 재미있어? 학부는 네가 정했어? 앞으로 진로는?"

미영은 시간이 없어 짧게 대답하려고 머리를 굴렸다.

"입학식 날부터 조직에 진로를 위탁하라고 해서 우울하던 참이야."

"아직도 그런 말을 해?"

"하지만 내 길은 내가 정한다!"

미영이 비장하게 말하자 언니가 웃으며 고개를 끄덕였다.

"애인은? 좋아하는 사람은 있어?"

동생의 얼굴을 들여다보는 언니. 긍정도 부정도 하지 않는 동생.

"공부도 연애도 마음껏 해! 미영이는 나처럼 되면 안 돼. 너 자신을 위해 살았으면 좋겠어. 난 무슨 일이 있어도 남편을 다시 평양 악단으로 돌아가게 할 거야. 아버지와 어머니, 작은아버지께는 폐를 끼치겠지만 넌 아무 걱정도 하지 마."

"언니가 이렇게 힘든데 나는 아무것도 못 하니까 한심해."

언니는 미영의 눈에서 흐르는 눈물을 몇 번이고 손바닥으로 닦아냈다.

"즐거운 건 뭐든 다 해. 행복해지는 게 네 의무야."

"의무?"

미영의 손을 잡으며 말하는 언니의 표정은 진지했다.

"너는 내 분신이니까. 내 몫까지 행복해져야지! 조직이라는 둥 가족이라는 둥 바보 같은 말을 하면 용서 안 할 거야. 후회하지 않도록 살아. 알았지? 조선에서 살아가는 삶도 벅차지만, 이 나라를 짊어지고 일본에서 사는 것도 만만치 않을 거야."

언니가 거기까지 말하자, 감시인들이 10분 남았다고 알려주었다.

"슬슬 갈 시간이네. 이런 곳까지 와주고, 너무 자랑스러운 동생이다. 시디는 꼭 받을게. 아껴서 잘 들을게."

언니는 조카를 안은 미영의 어깨를 끌어안고 귓가에 입을 가져가 쥐어짜는 듯 낮은 목소리로 속삭였다.

"이제 무리해서 안 와도 돼. 돈이랑 시간이 있으면 다른 나라에 가. 어디서 살든 국적을 바꾸든, 자유롭게 살면 돼. 넓은 세상에서!"

놀란 미영이 언니의 얼굴을 쳐다봤다. 웃고 있는 언니 뺨에 눈물이 흘러내렸다.

"언니, 무슨 말이야? 당연히 또 보러 와야지."

"가끔이면 되니까 엽서나 보내줘. 긴 글도 필요 없어. 잘 지낸다, 한마디면 충분해. 여기 현실을 보고 고통스러워하는 동생을 보느니, 못 만나더라도 행복하게 사는 편이 더……."

"언니, 그런 말 하지 마."

"언젠가 도청도 감시도 없이 말할 수 있는 날이 오면……. 그때까지 기다려. 이야기 잔뜩 모아두란 말이야! 자, 이제 시간이 됐어. 가자."

언니는 미영이 안고 있던 딸을 안아 들며 벤치에서 일어서려고 했다.

"잠깐! 함께 듣고 싶어서, 세관에서 싸워가지고 시디 두 장만 받아 왔어. 평양 언니 집에서 함께 들으려고 했는데, 지금 이 워크맨으로 같이 듣자! 잠깐 괜찮아?"

미영은 서둘러 숄더백에서 휴대용 시디플레이어와 시디를 꺼내, 이어폰 한쪽을 언니에게 건넸다. 얼굴을 가까이 대고 자신의 귀에 다른 쪽 이어폰을 꽂았다. 스위치를 켜자 쇼팽의 피아노곡이 흐르기 시작했다. 오른손으로 언니의 손을 잡고, 왼손으로 조카의 작은 손을 잡았다.

"시디 음질은 참 좋네. 미영아, 정말 고마워."

"집에 가져다둔 플레이어는 더 좋아. 형부랑 미향이랑 같이 들어."

두 사람은 한쪽씩 나눠 낀 이어폰으로 쇼팽을 들으며 눈물과 웃음이 얼룩진 얼굴로 마주 봤다.

"미영아, 잘 살아. 행복해야 해!"

언니의 말과 쇼팽의 선율이 겹쳤다. 조그마한 조카가 웃고 있었다.

열차가 신의주역을 출발하고 얼마간 시간이 흘렀다. 특별 일등차량에는 외국인 승객이 몇 명 있었다.

미영은 4인용 좌석에 홀로 앉아 창밖을 바라보고 있었다. 노을을 보면서도 언니와 형부, 조카의 얼굴이 떠올라 눈물이 흘러내렸다. 최 지도원은 눈이 새빨개진 미영 옆에 언제라도 먹을 수 있도록 도시락을 놔두었다. 조금 떨어진 자리에 앉아준 배려심이 고마웠다.

평양에 가까워질수록 날이 어두워지고 쌀쌀해졌다. 작은 역에 정차해도 미영은 창문을 열지 않았다. 일몰과 함께 바깥 풍경은 보이지 않게 되었고, 열차는 칠흑 같은 어둠에 싸인 채 달렸다. 깜깜한 하늘에 믿을 수 없을 정도로 많은 별이 빛나고 있었다. 언니도 같은 별을 보고 있을까. 영혼이 빠져나간 듯 변해버린 남편을 뒷바라지하며 아이를 키우고 인생을 살아내겠다던 강인한 언니를 떠올렸다. 이제 만나러 오지 말라고까지 하면서 동생의 행복을 바라는 언니. 정말 울고 싶은 사람은 자신이 아니라 언니일 텐데, 마지막까지 눈물을 닦아준 사람은 언니였다.

울다 지친 미영은 체온이 내려가는 것을 느꼈다. 레이스 식탁보 위에 놓인 유리병의 물을 컵에 따라 한 모금 마셨다. 온몸의 세포에 수분이 퍼졌다. 조금 몽롱해져서 딱딱한 수직 나무 의자에 누웠다. 눈꺼풀이 무거웠다.

평양역에 다다르자 열차가 속도를 줄였다. 바퀴와 레일이 마찰하면서 귀청이 터질 듯한 금속음이 울렸다. 놀라서 눈을 뜨니 최 지도원이 웅크려 잠들어 있던 미영에게 양복 상의를 걸쳐주었다.

울어서인지 두통이 심했고, 딱딱한 의자에 누워 있어서 목도 등도 허리도 아팠다.

"피곤하시죠. 귀성은 다섯 시간 반으로 조금 짧았습니다. 일본 열차는 더 편한가요?"

정장 차림의 최 지도원은 아무렇지도 않은 모양이었다. 미영은 나고 자란 환경에 따라 체력과 근력에도 차이가 날지 모른다고 생각했다. 언니에게 물품을 전하고 왔기 때문에 짐은 거의 없었다. 숄더백을 어깨에 걸치고, 못 먹은 도시락을 품에 안고 열차에서 내렸다.

평양역 내의 어두움에 놀라서 눈에 힘을 줬다. 희미한 불빛에 익숙해지자 앞이 보이기 시작했다.

"가방을 몸 앞에 단단히 껴안으세요. 제 팔을 잡고 곁에서 떨어지지 않도록!"

미영은 최 지도원이 시키는 대로 가방과 도시락을 꼭 안았다. 희미한 역 안에서 인파 속을 조심스럽게 걸었다.

"지금부터 타는 사람들인가요? 야간열차도 많습니까?"

걸으면서 던진 질문에 최 지도원은 대답해주지 않았다. 스쳐 지나가면서 구걸을 하는 사람도 있었다.

"일본에서 온 손님이다. 비켜."

걸인들은 놀란 듯이 미영을 보고 사과하면서 서둘러 길을 텄다. 최 지도원에게 끌려가듯 역에서 빠져나온 미영 앞에까만 승용차가 미끄러져 왔다. 길가에 앉아 있던 사람들이 일어나 차량과의 거리를 유지하며 미영에게 시선을 보냈다.

"열차는 기본적으로 낮 시간에 달립니다. 여기 있는 사람 대부분은 아침에 출발하는 열차를 기다리는 중입니다. 그보다 신의주에서 보고 들은 것은 다른 사람에게 말하지 마세요. 언니를 위해서도 그 편이 좋습니다."

담담하게 말한 최 지도원은 미영을 뒷좌석에 태우고 자신은 조수석에 앉았다. 그는 차가 달리기 시작하자 몸을 뒤로 돌려 일방적으로 이야기하기 시작했다.

"내일 저녁에 다른 방문단원들이 백두산에서 돌아옵니다. 그때까지 호텔에서 느긋하게 쉬세요. 근처에 외화 전문점이 있지만 외출하고 싶을 때는 저에게 말해주십시오. 저는 대기실에 있습니다. 산책을 포함해서 동행 없이 외출하는 것은 금지되어 있습니다. 아침과 점심은 식당으로 내려와주십시오. 호텔에 있다는 것을 확인하는 의미도 있으므로 식사를 거르지 않도록 부탁드립니다. 질문 있습니까?"

미영은 고개를 가로저었다. 앞으로 돌아앉은 최 지도원은 가방에서 말보로를 한 갑 꺼내 운전기사에게 건넸다. 최 지도원은 무척 기뻐하는 그에게 인사는 뒤에 앉아 있는 사람에게 하라며 웃었다. 두 사람은 앞좌석의 양쪽 창문을 열고 맛있게 말보로를 피웠다. 미영은 담배 냄새가 신경 쓰였지만 창문을 열 기력도 없었다.

호텔 방으로 돌아오자 단박에 피로가 쏟아졌다. 미영은 숄더백을 소파에 던지고, 도시락을 테이블 위에 올려둔 채 침대로 쓰러졌다. 등에서 오한이 느껴졌다. 겨우 혼자가 될 수 있다는 해방감과 함께 깊은 외로움이 덮쳐왔다. 아무것도 생각하고 싶지 않지만, 과부화된 뇌가 오늘 있었던 일을 낱낱이 재생했다. 압록강 풍경이 떠오르고, 작은 역에서 만났던 엄마와 아이의 얼굴이 떠올랐다. 머리가 아프고 귀가 울렸다. 진통제를 먹기 전에 위에 뭐라도 넣으려고 일어나서 도시락을 펼쳤다.

이렇게 호화스러운 도시락을 먹는 사람이 이 나라에 몇 명이나 있을지 생각해보았다. 김밥과 반찬을 입으로 가져가며 평양역에서 아침 열차를 기다리는 사람들을 떠올렸다. 문득 언니네 아파트 입구에 있던 '세상에 부럼 없어라!'라는 구호가 떠오르고, 그 문구를 반복하는 노래의 멜로디가 들려왔다. 돼지고기부추볶음을 먹으면서 울고 싶어졌지만, 체내에 수분이 부족한지 눈물이 나오지 않았다. 단 열흘의 체류로 과부하에 걸린 자신이, 이 나라에서 13년을 보낸 언니를 이해하기란 불가능하다는 사실을 뼈져리게 느꼈다. 하지만 그 일부를 알아버린 지금의 자신은, 어제까지의 자신과는 다르다는 것 또한 깨달았다.

미영은 진통제를 먹고 샤워를 하고 이불 속으로 파고들었다. 조금 익숙해지기 시작한 호텔 시트의 냄새가 어쩐지 구로키 유의 냄새를 생각나게 했다. 괜스레 애틋했다.

만나지 않게 된 이후, 딱 한 번 편지가 왔다. 몇 번이고 공중전화 앞에 줄을 섰다가 용기가 없어 방으로 돌아갔다. 그를 비난하고 자신을 책망할 것 같아서 무서웠다. 어디까지 자신을 드러낼 수 있을지, 그가 받아들일 수 있을지 알 수 없었다……. 그의 방에서 마신 카페오레 맛이 그리웠다. 처음 맺어졌던 순간을 떠올리며 깊은 잠에 빠져들었다.

방문을 두드리면서 자신의 이름을 부르는 소리에 깨어났다. 몸이 조금 뜨거웠다.

"네, 지금 갑니다."

겨우 일어나 문을 열었다.

"아침 식사에 나오지 않아 걱정이 되어서 왔습니다. 역시 몸 상태가 좋지 않은 것 같네요. 식사를 방에 나르도록 지시하겠습니다."

최 지도원은 호텔 의무실에 상주하는 간호사를 데려왔다. 간호사는 미영의 혈압과 열을 재고, 식간에 복용할 한약을 건네줬다.

"지방에 있는 가족을 방문하고 돌아온 다음에 몸져눕는 분이 많습니다. 마음고생도 있겠지요. 나중에 또 열을 재러 오겠습니다."

간호사의 말이 끝나기 전에 식당 급사가 죽이 든 쟁반을 가지고 왔다. 최 지도원, 간호사, 급사 모두 걱정해주는 것은 고마웠지만 폐를 끼쳤다고 생각하니 점점 지쳐갔다.

"죄송합니다. 하루만 자면 괜찮을 겁니다. 그 체온계 빌려주실 수 있나요? 내일 돌려드리겠습니다."

간호사는 조금 난처한 표정을 지었다.

"체온계는 하나밖에 없으므로 빌려드릴 수 없습니다. 나중에 제가 재러 오겠습니다."

"아, 알겠습니다. 그럼 죄송하지만 부탁드립니다."

쓸데없는 말을 해버렸다고 반성했다.

"점심도 방으로 가져다 드리겠습니다."

식욕은 없었지만 급사의 제안을 받아들였다.

모두가 나간 후 약을 먹고 침대에 쓰러졌다.

깨어나보니 테이블 위에 있던 죽이 밥과 반찬으로 바뀌어 있었다. 여자 급사가 점심을 가지고 방에 들어온 것도 모를 정도로 푹 잔 것 같았다. 열도 내렸는지 몸이 편해져서 샤워를 하고 밥을 먹었다. 비빔밥과 국은 식었지만 맛있었다. 김치는 역시 맛이 없었다.

컨디션이 회복되자 커피가 마시고 싶어졌다. 옷을 갈아입고 1층 로비를 걷다 보니 '국제전화 연결해드립니다'라는 안내문이 프런트에 붙어 있었다. 오사카 집에 전화를 해볼까 싶어 요금을 물어보자, 수신자 부담으로 일본은 10분에 5천 엔이라고 했다.

"국제전화라서 비쌉니다. 교환원이 확실히 연결해드려요."

자신감 넘치는 짧은 머리의 여성 직원이 또랑또랑하게 대답했다. 비싼 요금을 지불한들 언니의 근황을 솔직하게 이야기할 수 있을 리 만무했다. 도청될 게 뻔한데 어머니와 무난

한 대화를 나누는 것도 미련스러웠다. 그래도 언니와 만났다고 한마디 전하는 편이 좋을까……. 미영은 프런트 앞에서 생각에 잠겼다.

"고객님, 팩스도 보낼 수 있습니다."

짧은 머리 직원은 인센티브를 받는 영업 사원처럼 말을 걸었다.

"가족? 혹시 애인인가요? 용지에 상대방 이름과 전화번호를 적어주세요."

짧은 머리 직원의 단도직입적인 말투가 좋았다. 정치와 경제에 대해서는 틀에 박힌 표현으로 대화하는 북조선 사람들이지만, 연애나 섹스에 관해서는 솔직하고 낙천적이었다. 한국에서는 사귀는 사람을 '남자친구/여자친구'라고 하지만, 북조선에서는 '애인'이라고 한다. 그런데 또 일본에서는 애인이 '불륜 상대'를 의미해서 재미있었다. 고급학교 시절 방문해서 처음 들었을 때는 살짝 놀랐지만, 조금 어른스러운 말투가 미영은 마음에 들었다.

"애인은, 없습니다."

무심코 진지하게 대답해버렸다.

"그래요? 목소리를 듣고 싶으면 애인 아닌가요?"

수줍게 웃는 짧은 머리 직원의 말이 자극이 된 것 같았다. 신청 용지를 잠시 바라보던 미영은 순간적으로 구로키 유의 이름과 전화번호를 적어서 전달했다.

짧은 머리 직원이 교환원에게 전화를 걸어 적힌 번호를 읽어주었다. 평양의 교환원과 일본의 교환원이 나누는 대화가 수화기에서 새어 나왔다.

"그래요? 아무도 받지 않습니까? 네, 수고하십시오."

짧은 머리 직원은 교환원에게 감사 인사를 하더니, 미안한 얼굴로 미영에게 구로키 유의 부재를 전했다.

"모처럼 걸었는데 유감입니다, 또 오십시오."

미영은 친절히 말하는 직원의 미소를 보며, 그녀는 지금 사랑을 하고 있을지도 모른다고 생각했다.

"환전을 부탁드립니다. 일본 엔을 '돈표'로 바꿔주세요."

외화 전용 카페에서 따뜻한 커피를 마시고 싶었다. 신의주에 가기 전 환전한 돈은 모두 언니에게 준 상태였다.

프런트 앞의 카페에 들어가 커피와 롤케이크를 주문했다. 일본에서 온 가족 방문단 사람들이 가족과 면회 중인 테이블이 여럿 있었다. 도쿄 표준말뿐 아니라, 간사이 사투리와 도호쿠 사투리도 들렸다. 각자 테이블에서 반갑게 재회하고, 자녀와 손주의 성장을 확인하거나 가족의 상황에 대해 이야기를 주고받는 것 같았다. 자신도 이런 식으로 언니와 만나려고 했는데. 일부 테이블은 또 분위기가 달랐다. 정장 차림의 방문자는 일본, 미국, 싱가포르 등의 교포로, 무역 목적으로 평양을 방문한 사업가들이었다. 일본인 무역 관계자도 있다고 들었다. 그들과 교섭을 하는 북조선의 무역인들은 외화 벌이의 상징으로, 일반 남성들에 비해 위세가 좋다는 인상이었다. 외국인 전용 호텔에 출입할 수 있는 것도 업무상의 특권이었다.

언니 가족의 얼굴을 떠올리면서 수제 케이크를 먹었다. 언니는 일본에 있을 때 나가사키 카스텔라와 우유를 같이 먹는 것을 좋아했다. 언니가 벌써 롤케이크를 먹었을까? 전해 준 플레이어로 두 장의 시디를 듣고 있을까? 바나나를 이웃에 나눠 준다고 했는데 부족한 건 아닐까?

언니가 좋아하는 사람 있냐고 물었을 때, 아무 말도 할 수 없었다. 후회하지 않도록 살아, 언니의 그 말이 지금 미영의 등을 툭 밀었다.

누가 재촉이라도 하듯이 케이크를 먹고 커피를 마신 후, 돈표로 계산을 마치고 프런트로 향했다.

"몇 번이고 도전해봅시다."

흔쾌히 받아준 짧은 머리 직원은 교환원에게 전달하기 위해 큰 소리로 구로키 유의 이름과 전화번호를 읽었다. 호텔 로비에 그리운 전화번호가 울려 퍼졌다.

"예? 본인이 전화를 받겠다고 하셨군요? 그럼 신청인을 바꾸겠습니다."

짧은 머리 직원은 웃는 얼굴로 수화기를 건네줬다. 긴 전선을 안쪽에서 끌어와 미영 앞에 전화기를 놓아주었다.

"여보세요…… 유?"

미영은 일본말로 조심스럽게 인사했다.

"고객님, 교환원입니다. 제 목소리 들리세요? 그럼 연결하겠습니다. 말씀하세요."

북조선 교환원의 목소리에 부끄러움이 폭발할 뻔한 순간, 멀리서 다른 목소리가 들려왔다.

"여보세요? 미영? 미영이지, 들려? 내 목소리 들려?"

"유? 들려. 내 목소리 잘 들려? 그래, 지금 평양……."

"정말 평양이구나……. 더는 연락이 오지 않을 거라고 생각했어. 1년이나 지났네."

"편지 받았는데, 미안해. 학교 공중전화까지 몇 번이나 갔지만 용기가 없어서. 아, 이거 수신자 부담이라서 비쌀 텐데, 유가 부담해야 하는데…… 미안. 그렇지만 목소리가 듣고 싶었어. 지금 호텔 프런트에서 전화하는 거야."

"그런 건 괜찮아. 그래서 언니는 만났고?"

"만났어, 그렇지만 그게……. 만났지만, 여러 일이 있었어. 언니를 기억해줘서 고마워."

미영은 목이 메었다. 설명할 방법이 없었다.

"나, 모레 서독으로 떠나. 미영은 항상 내가 짐을 쌀 때 전화를 주는구나. 재작년에도 그랬지. 라멘집에서 처음 만난 며칠 뒤였던가."

"서독? 모레?"

"뉴욕 시절의 어드바이저랑 도쿄에서 만났거든. 작품에 대해 상의할 생각이었는데 어느새 미영의 이야기만 하고 있더라고. 사회도 세상도 모르는 놈이 무슨 표현을 하겠냐고 웃더라. 서독 프로그램에 추천장을 써줬어. 냉전을 제대로 보고 오라고."

"냉전을, 제대로……. 그렇구나. 유는 굉장하다."

"미영에게 감사하고 있어. 내가 아무것도 모른다는 사실을 깨닫게 해줘서……."

"내가 할 말이야. 아무것도 몰라서 지금 여기서 엄청난 혼란을 겪고 있어."

"뭐라고 말할 수 없지만, 그때부터 조금은 공부했어. 연락해줘서 고마워. 뭐랄까, 겨우 내 작품을 할 수 있을 것 같아."

"……전화 받아줘서 고마워. 서독 잘 다녀와."

"고마워. 그럼 끊을게. 사요나라."

유의 사요나라, 오랜만이었다.

짧은 머리 직원은 접객으로 바빠 보였다. 미영이 전화기를 돌려주려고 하자 미소를 지으며 손을 흔들어주었다. 그녀는 어떤 사랑을 하고 있을까, 상상했다.

방에 돌아와 침대에 누웠다. 눈에 박힌 신의주의 풍경과 상상 속 서독의 모습이 교차했다. 모두 현실감이 없어, 마치 영화의 한 장면 같았다. 문득 벽과 천장을 보자 마음속까지 투시되는 것 같아 견디기 힘들었다. 자유 공간이라고 생각했던 외국인 전용 호텔도 감옥이었단 말인가. 머리가 무거웠다. 생각을 멈추고 눈을 감았다.

복도에서 왁자지껄한 목소리가 들려왔다. 방문단 일원이 백두산 관광에서 돌아온 듯했다. 몸을 일으키려 할 때, 댄서가 방에 들어왔다.

"다녀왔어! 미영, 언니 만났어?"

"응. 나중에 천천히 이야기할게. 언니가 작은아버지께도 인사 전해달래. 정말 감사합니다."

"알았어. 지금부터 전체 모임이야. 뭔가 중대 발표가 있을 것 같아."

미영은 머리를 정돈하고 전체 집회로 향했다.

호텔 2층에 있는 연회장에 학생 120명이 학부별로 정렬해 있었다. 강기생이 마이크를 들고 모두의 앞에 섰다.

"우리는 어제 위대한 김일성 주석께서 항일 유격 투쟁을 펼치셨고, 또한 친애하는 지도자 동지가 태어난 혁명의 성지 백두산을 방문했습니다. 조국과 조직에 대한 충성심에 한 점의 부끄러움도 없다는 것을 확인했다고 믿습니다. 그리고 중대 발표가 있습니다. 조국 방문 일정의 마지막 날인 내일, 위대한 주석님께서 오시는 중요한 국가 행사에 참여하는 영광스러운 업무가 주어졌습니다."

행사장에 한차례 소란이 일었다.

"만나뵐 수 있다고?"

"접견이라고는 안 했고."

"전부? 선발? 주석님을 말이지?"

"국가 행사라고?"

학생들은 낮은 목소리로 속닥였다. 미영과 댄서는 얼굴을 마주 보고 반신반의했다. 시누이는 감격한 나머지 비명을 지르며 벌써 눈물을 글썽이고 있었다. 강기생이 말을 이었다.

"흥분하지 말고 조용히 하시오! 내일 입을 단복을 철저히 확인하세요. 단추가 떨어져 있거나 조금이라도 더러운 옷은 입으면 안 됩니다. 겉옷 안에 입을 셔츠는 반드시 세탁하십시오. 양말과 속옷은 말할 것도 없고, 혹시 가지고 있으면 새것을 입도록 하시오. 오늘 밤은 전원 목욕하고 몸을 정갈히 하도록. 내일 행사는 평양 공항에서 이루어집니다. 출발은 아침 7시. 10분 전까지 버스에 타서 대기하세요. 내일 예정되어 있던 학교 방문은 중단합니다. 오늘 저녁 식사 후 하루 총화에서는 이와 같은 영예를 내려주신 위대한 주석님과 당 중앙에 충성을 단단히 맹세합시다. 반장들은 남도록. 이상입니다."

다음 날 아침, 방문단을 태운 두 대의 버스가 '평양국제 비행장'으로 향했다. 안개가 낀 아침 출근 시간이었지만, 국가 행사로 통행 규제를 하는 것 같았다. 버스는 차가 한 대도 다니지 않는 도로를 맹렬한 속도로 달렸다. 길가에는 환영 행사에 동원된 평양 시민들이 손에 꽃과 국기를 들고 정해진 위치에서 대기하고 있었다. 아직 아침 7시경이었다. 언제 어떤 행사가 시작되는지도 모른 채, 공항으로 향하는 버스에 앉아 있었다.

공항에 도착해 보안 검사를 통과한 다음에도 대기 시간이 계속됐다.

주위에서 들려오는 이야기로는 아프리카 어느 나라의 대통령이 도착하는 환영 행사에 김일성 주석이 마중을 나올지도 모른다고 했다. 주석의 공식 행사 참여는 직전에 취소되는 경우도 많고, 당사자가 나타날 때까지 어떻게 될지 알 수 없는 것이 통상적이었다. 공항의 살풍경한 건물 안에서 정렬한 채로 대기하던 미영은 배가 고파졌다. 이렇게 대기 시간이 길 줄 미리 알았더라면 아침 식사로 나온 빵을 싸가지고 왔을 텐데, 하는 후회가 들었다.

"아프리카 어느 나라래?"

"몰라."

어느 나라의 대통령이 오는지 아무도 몰랐다. 댄서가 조용히 사탕을 줬다.

한 시간 이상 그럭저럭 기다리니 "모두 정렬!"이라는 호령이 들렸다. 열을 바로잡은 조대생들은 유도에 따라 공항 건물에서 활주로 쪽으로 걸었다. 인민군 악단과 환영 무용을 추는 예술단이 대기하고 있었다. 꽃다발을 든 아이들도 대기 중이었다. '주석은 정말 나타날 것인가?' 같은 질문은 허용되지 않는 분위기였다. 모두가 말을 삼가고 부동자세로 서 있었다. 정부 인사도 나타났고, 활주로 너머에서 다가온 비행기가 멈추며 트랩이 준비됐다. 트랩에서 터미널 건물로 들어가는 동선에 붉은 카펫이 깔려 있었다. 아프리카 어느 나라의 대통령이 내리기만 하면 환영 행사는 금방이라도 시작될 것 같았다. 미영은 주석이 있는지 없는지, 그 여부만이라도 분명히 해주면 좋겠다고 생각하며 서 있었다.

튜닝을 마친 브라스밴드가 연주를 시작했다. 행진곡과 환영곡이 흘러나왔지만, 비행기 문은 열릴 기미가 안 보였다.

"설마, 진짜 같은 리허설은 아니겠지."

"아프리카 대통령이 정말 타고 있을까?"

미영과 댄서가 속삭이면서 웃음을 참고 있었다.

그때, 귀에 익은 음악이 들리기 시작했다. "만세!" 함성과 함께 상투적인 문구가 큰 소리로 반복됐다. 브라스밴드가 반복해서 연주하는 곡은 북조선 기록영화에 자주 나오는, 김일성 주석이 국가 행사에 등장할 때 반드시 흐르는 곡이었다. 본인이 등장했다는 증거이기도 해서 조선학교에서는 '주석님 등장 테마 송'이라고 불렸다.

앞쪽에 서 있는 조대생의 "만세!"가 울음소리처럼 들렸다. 미영은 주석이 왔는지 물었다. 댄서는 이 곡이 나온다면 틀림없다고 작게 대답했다.

브라스밴드의 음량도 커지고, 주위의 환호도 열렬해졌다.

"위대한 수령 김일성 동지 만세!"

"조선민주주의인민공화국 만세!" 몇 명이 소리치자 모두가 "만세! 만세! 만세!"로 이어받았다.

비행기 문이 열리고, 아프리카 어느 나라의 대통령이 내려왔다. 새까만 차에서 내린 김일성 주석이 트랩으로 다가서는 모습이 보였다. 주석은 대통령과 악수를 나누고 포옹했다. 주석과 대통령은 시민들의 환영에 부응하듯 웃는 얼굴로 손을 흔들며, 미영과 친구들 쪽으로 걸어왔다. 더 이상 행사 참가자들 시야에 대통령은 들어오지 않았다. 사람들은 김 주석의 일거수일투족에 집중하고 있었다. 동급생들은 눈물 콧물을 흘리며 양손을 들고 "만세!"를 외쳤다. 시누이는 통곡하면서 만세를 하고, 뒤꿈치를 들면서 깡총거렸다.

미영은 울지 않았다. 눈물이 나지 않았다. '민족의 태양'이라고 배운 지도자를 앞에 두고도, 주변의 흥분과는 반대로 냉정했다. 점차 브라스밴드의 소리도 들리지 않았고, 자신은 감동의 폭풍 바깥에 있음을 자각했다.

'이 사람이 진짜 김일성……'

전설의 카리스마를 목격했다는 사실보다 군중심리에 휩

쏠리지 않은 자신을 발견했다는 쪽이 더 스릴 넘쳤다.

이 사람은 이 나라를 어떻게 생각하고 있는 것일까. 이 나라의 실정을 알고는 있을까. 부하들은 제대로 보고하고 있을까. 이 나라의 현실에 얼마나 만족하고 있을까.

눈앞을 지나간 주석은 차를 타고 떠났다. 어느새 동급생들은 가슴 앞으로 주먹을 흔들며 〈김일성 장군의 노래〉를 합창하고 있었다. 미영은 그 목소리에 휩싸여 막대기로 맞고 걸어차이면서 창문으로 열차에 오르던 사람들을 떠올렸다. 창 너머로 사과와 사탕을 받고 사라진, 영양실조에 걸린 엄마와 아이를 되새겼다. 자신은 그 광경을 보았기 때문에 만세를 외칠 수 없는 것일까. 여기에 있는 다른 동급생들도 그 광경을 보았다면 노래를 부르지 않을 것인가.

차는 이제 보이지 않았다. 브라스밴드의 소리가 사라지고, 만세도 사라졌다. 조대생들은 악기를 정리하고, 카펫을 치운 뒤 버스에 올랐다. 이른 아침 지나온 길가에는 종이 꽃가루가 떨어져 있었다. 조금 전까지 국기와 꽃을 흔들며 만세를 외치던 시민들은 길에 흩어진 종이 꽃가루를 청소하고 있었다.

매일 열리는 하루 총화지만 오늘 밤은 방의 분위기가 달랐다.

가장 먼저 시누이가 손을 들고 일어섰다.

"제 인생에서 가장 숭고한 하루였습니다. 조직과 조국을

위해 아직 아무 도움도 안 되고 미숙한 저에게 이런 영광이
주어지다니."

입술을 떨며 손수건으로 눈시울을 훔치며 말하는 시누이
는 조직에 평생을 바치겠다는 모범적인 대사로 마무리한 뒤,
하늘을 올려다보듯 턱을 내밀고 어깨를 흔들며 심호흡을 했
다. 댄서도 온도 차는 있을지언정 조국 방문의 감동을 입에
올렸다. 미영 차례였다. 거짓말은 피하고 싶었지만 속내를 털
어놓기도 어려웠다.

"방문 기간 동안 이런저런 생각을 했습니다. 말로만 배워
서 막연했던 조국이 조금 그 윤곽을 드러냈습니다. 조국과
조직이란 무엇인가 잘 생각해서 진로 선택에 반영하고 싶습
니다."

미영이 앉으려고 할 때 시누이가 손을 들었다.

"오늘 박미영 동무는 울지 않았습니다. 공항에서 주석님
의 모습을 앞에 두고, 눈물도 보이지 않고 멍하니 있었습니
다. 조대생으로서 무슨 생각인지, 추상적인 총화도 납득이
되지 않습니다."

침묵이 흘렀다.

주석을 보고 우느냐 아니냐로 사상 검증을 하는 거냐고
물고 늘어지고 싶었지만 말을 삼켰다.

"다 똑같은 반응을 하다니, 기분 나빠."

누구를 향해 하는 말인지 자신도 모른 채, 미영은 방을

나섰다.

미영은 사람 없는 장소를 찾아 호텔 입구까지 나왔다.

"박미영 동무?"

짧은 머리 직원이 일을 마치고 돌아가는 중이라고 했다.

"혼자 외출하시면 안 돼요. 특히나 밤은 위험합니다."

"그러게요. 가로등도 적고 어두워서. 잠깐 바깥바람을 쐬고 싶어서요."

미영의 말에 그녀는 놀란 표정이었다.

"어둡다고요? 평양에는 등불이 많아서 밝습니다."

"아, 그저께 신의주에 가봐서 알 것 같습니다. 확실히 지방에 비하면 그렇네요. 도쿄는 밤에도 한낮 같아요. 그것도 생각해봐야 할 일이지만요."

"한번 보고 싶네요."

그녀는 밤하늘을 올려다봤다.

"내일 일본에 돌아가시죠? 부디 건강하세요."

"신세 많이 졌습니다."

"국제 전화한 애인이랑 빨리 만나고 싶겠어요."

"이제 만날 수 없어요. 외국에 가버린대요."

짧은 머리 직원은 의아한 얼굴로 미영을 봤다.

"그 사람, 일본 사람이에요."

순간적으로 입에서 튀어나온 말에 스스로 놀랐다. 그녀의 반응을 예측할 수 없어, 조금 긴장했다.

"국제 연애입니까. 대담하시네요……. 우리는 할 수 없지만요."

비난받을 거라고 생각했는데 뜻밖에 부드러운 어조였다. 북조선에서 국제 연애가 금지되어 있다는 사실은 언니에게 들어 알고 있었다.

"부디 건강하시고, 조국에 또 오세요."

그녀는 웃는 얼굴로 떠났다.

국제 연애라는 거창한 단어에 대한 그녀의 유연한 반응에 놀랐다. 엄격한 규칙과 벌칙이 있는 우리에게는 있을 수 없는 일이라고 그녀는 부드럽게 단언한 것이었다. 그러면서 자기 의견은 말하지 않았다. 이 나라에서 살아남기 위한 강한 정신을 엿본 것 같았다.

내일은 선택의 자유가 있는 곳으로 돌아간다.

자유를 위한 고난이라면 도전해볼 가치가 있겠다는 생각이 들었다.

1987년, 4학년 겨울

"저딴 수용소 같은 대학, 내가 때려치우고 만다! 조직에 인생을 맡기라니. 젠장, 웃기지 말라고 해! 남의 인생을 뭐라고 생각하는 거야? 응? 박사, 듣고 있어? 여기 자몽 사와 한 잔이요!"

"네네, 알겠습니다. 때려치우다니, 이제 두 달이면 졸업인데. 4년간 잘 버텼지. 저희 죄송한데 물 좀 주세요. 술은 잠깐 쉬었다가."

"마셔! 잔뜩 취해가지고 정문 광선을 맞으면서 토해줄 테니까!"

미영과 박사는 진로지도를 마친 다음, 기분 전환을 위해 술집 테이블에 마주 앉아 있었다.

"혹시 박사도 조직 위탁조?"

"일단은. 이학부도 과학 교원이 되는 경우가 많겠지만, 난 동포 기업에 들어갈 거야. 이과 계열 회사를 소개시켜주면 조직 위탁하겠다고 했더니 말한 대로 됐어.”

“그게 뭐야, 사기지. 조직 위탁? 그냥 직장을 정해놓고 닥치고 따르라는 거잖아.”

“명분은 그렇지. 교수들에게도 조직 위탁 할당량이 있어.”

“알 게 뭐야? 난 바빠! 내일부터 연극 연습에 들어가거든. 한국에서 참가하는 배우도 있어. 재일 교포하고 일본인하고 한국인이 같이 무대에 선다니 굉장하지! 그치, 끝내주지!”

“벌써 달리기 시작했네. 진로지도는 필요 없겠다. 건배나 할까.”

박사는 자몽 사와를 두 잔 주문했다.

미영이 신주쿠 5번가 주상 복합 건물에 도착하자 배용주가 입구에서 담배를 피우고 있었다.

“어, 미영! 3년 전에 한 말이 현실이 되었네.”

“열심히 배우겠습니다! 막내니까 뭐든 시켜만 주세요!”

미영은 배용주에게 고개를 숙였다.

“기요도 올 거야. 의상 담당이라고 의욕이 넘쳐. 그래, 연출가랑 나는 조고 출신이니까 어찌저찌 말이 통하지만, 다른 사람들은 한국인 배우하고 의사소통을 할 수 없어서 곤란하거든. 통역을 따로 구할 예산도 없고. 오늘부터 연습 잘 부탁해.”

“네! 매일 올 수 있도록 하겠습니다!”

배용주의 안내로 연습실에 들어갔다. 배우들은 스트레칭을 하면서 몸을 푸는 중이었다.

"오늘부터 스태프로 참여할 박미영 씨입니다. 한국말이랄까, 조선말을 할 수 있어서 통역으로도 활약해줄 거라고 기대합니다."

"요로시쿠 오네가이시마스! 잘 부탁드립니다!"

배용주의 소개를 받은 미영은 2개 국어로 인사했다.

"모두 모여주세요."

연출가인 김수창이 서울에서 온 두 배우 사이에 미영을 앉히고 동시통역을 부탁했다.

"곤니치와."

"아리가토(감사합니다)."

사십대 정도의 남녀 배우가 미영에게 말을 걸었다. 여태 들어본 적 없던 한국말 울림에 감싸인 미영은 순식간에 서울식 발음에 매료됐다. 조선대학교 선생이나 학생들이 쓰는 말과는 전혀 다르고 북조선말과도 다른, 부드럽고 약간 요염한 억양이었다.

"서툰 조선말이지만, 통역 노력하겠습니다!"

두 배우가 상냥하게 웃음 지었다. 그 모습을 확인한 연출가 김수창이 이야기를 시작했다.

"모두 수고 많으십니다. 본 작품에 한국에서 참가해주신 두 분이 정치적으로 어려운 상황에 놓여 있다는 것을 알아두셨으면 합니다. 한국 정부 쪽에서 압력이 들어오고 있습니다.

이 기획에 조선학교 출신의 사업가 몇 분이 협찬을 해주셨습니다. 또 출연자 중에 도쿄의 〈조선신보사〉에서 근무하는 사람이 있습니다. 단지 그 이유로, 다시 말하자면 조총련 관계자와 연극을 만들고자 한다는 이유로 북조선 간첩 혐의를 씌운다는 겁니다. 말도 안 되는 이야기입니다만, 아시다시피 현재 한국은 군사정권 치하에 있고. 어? 잠깐만! 박미영 씨가 조선말을 한다는 건…… 당신도 조선학교 출신입니까?"

모두의 시선이 미영에게 쏠리면서 동시통역이 중단되었다.

"조선대학교 4학년입니다. 두 달 후 공연이 시작되기 며칠 전에 졸업 예정입니다."

"그렇군. 배용주의 소개라서 다른 극단분인가 했어요. 좋습니다. 참여 감사합니다."

연출가 김수창은 서울에서 온 두 사람에게 미영이 조선대학교 학생임을 전했다. 그중 한 사람, 남자 배우 백찬우가 손을 들고 일어섰다.

"걱정을 끼쳐서 죄송합니다. 지금 한국은 군사정권 아래 놓여 일본에 비해 표현의 자유가 보장되어 있지 않습니다. 엄격한 검열 때문에 감옥에 들어간 동료도 있습니다. 일본에 오기 전, 조선말을 쓰는 사람은 북한 학교를 나온 간첩이니까 상대하지 말라는 말을 들은 적이 있습니다. 하지만 제가 만나본 연출가 김수창 씨는 간첩은커녕 술고래에 그냥 연극 바보였습니다. 여기 모인 다른 분들도 그렇겠지요. 이번 연극에 참여하기로 한 결정에 후회는 없습니다. 편협한 망상 때문에 방해를 받는 것도 질색입니다. 함께 좋은 무대를 만들어봅시다."

미영이 통역을 마치자 큰 박수가 터져 나왔다. 이어 서울에서 온 여자 배우 하시현도 일어섰다.

"몇 년 전, 제 가장 친한 친구는 시의 내용에 문제가 있다는 이유로 고문을 당했습니다. 친구는 옥중에서도 계속 시를 썼습니다. 이제 겨우 그 친구의 마음을 헤아릴 수 있을 것 같습니다. 저는 배우입니다. 연기가 업이기 때문에 제 소임을 다할 뿐입니다. 우리는 국적과 언어의 차이를 넘어, 김수창 연출가님 대본에 반해서 모인 팀입니다. 한국어와 일본어와 교포어가 오가는 이 팀을 사랑해요.

만약, 만약에…… 공연 후 한국에 돌아가서 체포되는 한이 있더라도, 우리는 후회하지 않을 겁니다. 그렇죠, 찬우 씨! 자, 좋은 연극을 만들어봐요."

아름다운 서울말을 구사하는 그들의 강인한 신념을 통역하는 미영의 눈시울이 뜨거워졌다. 한국의 언론탄압에 대해서는 수업에서도 들은 바 있지만, 겁먹지 않고 계속해서 표현하는 당사자와 직접 만난 것은 처음이었다.

"저기, 저도 한 말씀 올리겠습니다!"

감격한 미영도 가만히 있을 수 없었다.

"이번 기획을 처음 들었을 때부터 가슴이 설레서 제가 도움이 될 날이 오기만을 기다리고 있었습니다. 일본에서 태어나고 자라 남북에 대해서는 학교에서 배운 것 정도밖에 모릅니다. 연극을 만드는 게 체포 이유가 되다니, 저 따위가 정치적 이유가 되다니. 두 분 말씀에 충격을 받았습니다. 공연까지 남은 두 달 동안 기숙사 통금을 어기고서라도 연습실에 오겠습니다! 청소, 커피 심부름부터 통역이든 뭐든 열심히 하겠습니다!"

미영이 한국 배우들에게 한 말을 이번에는 김수창이 일본말로 통역했다. 서울에서 온 두 사람이 미영을 끌어안고 볼까지 부볐다. 미영은 한국인의 뜨거운 스킨십에 압도되면서 두 사람과 굳은 악수를 나눴다.

"통금도 어기려고? 말 그대로 문제아 모임이군. 하하하."

연출가 김수창이 호쾌하게 웃었다. 미영이 통역하자 서울에서 온 두 사람이 더 큰 소리로 웃었다.

학부 교원과 학생위원회에 차례로 불려 다니며 틀에 박힌 진로 결정을 강요당하는 매일. 이날 미영은 학부장실로 불려 갔다.

"3월인데 아직 춥구만. 거기 앉으시오. 우선 차를 끓이지."

재일 1세인 학부장은 순박한 경상도 사투리로 말했다.

"왜 불렀는지는 알지요. 결심은 섰습니까?"

학부장은 미영에게 차를 권하면서 소리를 내며 홀짝였다.

"제 마음은 변하지 않습니다. 연극과 관련된 일을 하고 싶습니다."

"연극 말인가. 외부 극단에 참여하고 있다는 소문도 듣긴 했지만."

"조수로서 통역 등 잔심부름을 하고 있습니다."

"통역?"

"한국, 아니. 남조선에서 참여하는 배우들 통역입니다."

"남조선? 배우? 대체 무슨 생각입니까! 조직의 허가도 없이 마음대로 남조선 사람과 접촉을 하다니!"

"……."

"그렇게까지 조직을 무시하겠다면, 지금 이 자리에서 어디로 배치될지 알려주지! 배치 임명식 날까지 마음의 준비를 하라. 알겠나."

"몇 번이나 말씀드렸지만, 저는 조직 위탁 안 합니다!"

"벌써 오사카조고 교장과 아버님 사이에서 합의된 사항이네. 모교에서 일하시오."

"아버지와 무슨 관계가 있죠? 이렇게나 싫어하는 사람이 억지로 선생을 하다니. 학생들이 불쌍합니다."

"억지로라니!"

온화하기로 유명한 학부장이 언성을 높였다.

미영은 무의식적인 죄책감을 몰아내면서 필사적으로 무리한 강요를 거부했다.

"꿈을 갖고 목표를 향해 가는 사람은 혼이 나고, 덮어놓고 따라가는 무책임한 사람은 칭찬을 듣다니, 납득할 수 없습니다. 조직 위탁을 하고 싶은 사람은 하면 되고, 그렇지 않은 사람도 있을 수 있는 것 아닙니까?"

"하고 싶고 말고의 문제가 아니지! 자신에게 부여된 의무를 자각하고 올바르게 살라는 거지!"

"순종이 그렇게 올바른 겁니까?"

유교적인 가르침을 받아온 미영이 아버지와 동년배인 학부장에 맞서기 위해서는 헤아릴 수 없을 만큼의 용기가 필요했다. 목소리가 떨리고 눈물이 흘렀다.

"울면서까지 반항하는 이유를 모르겠군."

"우는 게 아닙니다. 그냥 너무 지쳤습니다."

무거운 침묵이 흘렀다.

땡! 땡! 땡!

벽에 설치된 히터에서 소리가 났다. 오후부터 저녁까지 이어지는 난방이 일단 끝나는 신호였다. 4년간 겨울이 돌아올 때마다 이 소리에 일희일비하며 교실과 기숙사에서 추위에 떨던 기억이 났다. 그런 대학 생활도 앞으로 2주 뒤면 끝이었다.

"자네가 조직의 결정에 따르지 않으면 다른 동급생의 진로가 갑자기 바뀌네. 이미 진로가 정해져 안심하고 있는 동급생을 끌어들이게 되는 것이다. 그래도 괜찮나!"

말이 나오지 않았다. 지금 협박하는 건가? 귀를 의심했다.

"결국은 조직의 말에 따르게 될 테니, 문제를 일으키지 말고 조용히 졸업하도록 하라."

존경해왔던 학부장이 속물로 보였다.

"선생님께서는 수업에서 남조선 작가들의 표현의 자유를 탄압하는 군사정권에 분노를 표하셨습니다. 표현에 대한 억압은 용서할 수 없다고 말씀하셨습니다. 게다가……."

"긴말 필요 없네! 이만 나가."

학부장에게 인사를 하고 방을 나섰다.

안뜰에 나오자 루팡이 걸어가고 있었다. 여전히 다운재킷 안에 러거 셔츠 차림이었다.

"오, 박미영! 엄청 피곤해 보이네. 요즘 수척한 게 꼭 귀신 같다."

졸업을 2주 앞두고 마음이 느슨해졌는지, 루팡은 당당히 일본말로 말을 걸어왔다.

"아직도 조직 위탁 안 한다고 고집 부린다며? 복잡하게 생각하지 말고, 일단 지시에 따라. 어차피 한두 해 일하다가 시집갈 건데 뭘 그렇게 심각하게 굴어?"

루팡은 미영과 어깨를 나란히 하고 걷기 시작했다.

"네 마음 알아. 나도 럭비를 좋아하고, 만약 일본 실업팀에 들어갈 수 있다면야 나도 기를 쓰고……."

"들어가기 위해 노력했어?"

"무슨 소리야! 우리 조선인은 아무리 노력해봤자 결국은 차별당해."

"시도도 안 해보고……. 참 편리한 변명이네."

"그렇게 까칠하게 굴지 마. 정말 싸움닭이다. 사람이 걱정해주는데."

"……알 리가 없지."

"뭐?"

"내 마음을 안다고? 너 따위는 절대 모를걸!"

배 속에서부터 짜내는 듯한 미영의 목소리에 루팡은 멍하니 서 있었다.

졸업식이 이틀 앞으로 다가왔다. 4학년 전원의 배치 임명식이 이루어지는 이날, 학교는 아침부터 특별한 분위기였다. 졸업 후에 들어갈 직장을 선고받을 졸업생뿐 아니라, 재학생들도 선배들의 배치를 신경 쓰며 긴장하고 있었다.

미영은 위화감을 안고 문학부 배치 임명식이 진행되는 교실 앞에 섰다. 교실에 들어가 임명을 받으면 그 자리에서 "주어진 '혁명 초소'에서 충성을 다할 것을 맹세합니다!"라고 선서하도록 학부별로 리허설을 마친 상태였다.

우선 남학생부터 시작했다. 세 명씩 교실에 들어가 잠시 후 나왔다. 친구들에게 바로 근무처를 알려주는 사람도 있었고, 의욕을 잃어 말없이 떠나는 사람도 있었다.

이어서 여학생 차례가 되었다. 미영은 댄서, 시누이와 함께 들어갔다. 긴 테이블에는 학부장, 담임, 조대위원회 지도원, 총련 중앙 본부 담당자가 앉아 있었다. 오디션이라도 받는 것처럼 선 세 사람이 인사를 하자 총련 담당자가 일어섰다. 우선 시누이가 호명되었다.

"손해숙 동지! 당신을 도쿄 조선제5초중급학교 국어 교원으로 배치합니다."

"네! 주어진 혁명 초소에서 충성을 다할 것을 맹세합니다!"

"좋다."

총련 담당자는 만족스러운 표정이었다. 예상한 배치에 시누이는 안심한 듯 보였다.

다음은 댄서 차례였다.

"신경자 동지! 당신을 조선신보사에 배치합니다."

"네? 아, 네. 주어진 혁명 초소에서 충성을 다할 것을 맹세합니다."

조선학교에 임명될 것을 예상했던 댄서는, 〈조선신보사〉라는 생각지도 못한 직장에 놀랐다. 댄서의 동요가 미영에게도 전해졌다.

미영은 배에 힘을 줬다.

내 인생이니까, 그렇게 몇 번이고 자신을 설득할 때마다 아버지, 어머니 그리고 언니의 얼굴이 떠올랐다.

"박미영 동지! 당신을 오사카조선고급학교 국어 교원으로 배치합니다."

"……."

침묵이 흘렀다. 미영은 바닥의 한 점을 응시했다.

"박미영 동지, 들리지 않습니까?"

"들었습니다."

목소리가 떨리고 있었다. 총련 담당자는 조금 불쾌한 표정으로 학부장을 쳐다봤다. 시누이와 댄서는 미영을 한번 보고 다시 부동자세로 앞을 향했다.

"다시 말하지만 당신을……."

"저, 저는……."

"큰 소리로 분명하게 말하시오!"

학부장이 자리에서 일어나 감정적으로 명령했다.

"저는 조직 위탁을 거부합니다. 오사카조선고교에 가지 않겠습니다. 졸업이 취소된다고 해도 제 마음은 변하지 않습니다. 실례하겠습니다."

미영은 다른 사람보다 먼저 방을 나섰다.

공중전화 앞에는 '일자리'가 정해진 졸업생들이 줄 지어 있었다.

미영은 전화카드를 넣고 집 전화번호를 눌렀다.

"어떻게 됐어? 전화 기다리고 있었어."

어머니에게 졸업식에 참석하지 않고 내일이라도 기숙사를 나갈 것이라고 말했다. 3월 말 연극 공연까지 연습실에 머물다, 그 후 새로운 극단 창립에 참여한다고도 전했다.

"어머니, 정말 죄송해요. 하지만 상담하는 게 아니라 통보하는 거예요. 아버지와 언니에게 피해가 가지 않을까 걱정되지만, 마음을 정했어요."

돌아갈 곳을 잃을지도 모른다는 불안감이 스쳤다. 조용히 어머니의 말을 기다렸다.

"졸업식은 중요한 거다. 그만큼 네 결심이 단단하다면 끝까지 당당하게 굴어. 연극 공연이 끝나면 아버지를 만나러 와서 네 마음을 제대로 전달해라. 내일 신칸센으로 도쿄에 가려고 했는데, 알았다. 어머니는 오사카에서 기다릴게."

최강의 아군은 어머니였다. 당당하게! 미영은 몇 번이고 마음속으로 되풀이했다.

졸업식장인 강당의 무대 중앙에는 김일성 주석과 김정일 장군의 커다란 초상화가, 그 옆에는 조선민주주의인민공화국의 국기가 걸려 있었다. 객석 중앙 블록에는 졸업생이 앉아 있었고, 재학생과 일본 전국에서 모인 학부모들이 이를 둘러싸듯 앉아 있었다. 평소와 같은 교복을 입은 남학생들과, 알록달록한 저고리를 입은 여학생들. 미영은 고민 끝에 늘 입던 남색 교복을 입었다.

〈김일성 장군의 노래〉와 〈김정일 장군의 노래〉 제창으로 식이 시작되고, 연설과 축사가 이어졌다. 미영은 16년 동안 민족교육을 받으면서도 클리셰한 정치적 문구에 익숙해지지 않은 스스로를 재확인했다. 자신에게 '졸업'이란 무슨 의미인지 생각하고 있었다.

졸업생 이름을 각 학부 남자부터 여자, 출석부 순으로 불렀다. 문학부 차례가 왔다. 박미영! 하고 이름이 불리우자, 대답하며 기립했다.

"전원 착석. 전체 졸업생 318명을 대표해 위대한 수령님과 친애하는 지도자 동지에 대한 충성의 편지를, 졸업생 대표가 읽겠습니다."

정치경제학부의 거인이 연단을 향해 걸어갔다. 미영의 몸 속 세포가 무언가를 완고하게 거부하기 시작했다. 고동이 치열해지면서 머리에 경고음이 맹렬하게 울렸다.

거인이 연단에 서서 두 초상화에 인사를 하고 빨간 벨벳 케이스에 쌓인 원고를 펼쳐서 읽기 시작했다.

"우리 318명의 졸업생들은……."

"317명으로 정정해주십시오! 저는 충성을 맹세하지 않겠습니다!"

자리에서 일어선 미영이 단상의 거인을 향해 외쳤다. 객석이 웅성이는 가운데, 놀란 긴파치와 강기생이 미영에게 달려왔다.

"신성한 졸업식에 이의 있습니까?"

스피커를 통해 거인의 목소리가 강당에 울려 퍼졌다. 무겁고 차가운 침묵이 흘렀다.

"저는…… 조직에도 조국에도 충성을 맹세하지 않겠습니다. 주석과 지도자에게 편지를 바치는 사람은 317명입니다."

경악하는 사람들 사이를 미영의 목소리가 뚫고 지나갔다.

"거기, 뭐 하는 거야. 조용히 앉아!"

긴파치가 작은 소리로 꾸짖었다. 미영은 움직이지 않았다.

"박미영, 적당히 하세요! 이러고도 용서받을 수 있을 것 같습니까? 앉으십시오!"

객석의 계단을 달려온 강기생이 무섭게 다그쳤다. 강당 전체가 술렁거렸고, 서 있는 미영에게 시선이 집중됐다.

미영은 졸업생 표식으로 가슴에 붙이고 있던 리본으로 만든 꽃을 좌석에 내려놓았다. 같은 줄에 앉아 있던 동급생 사이를 지나 계단 통로로 나왔다. 미영에게서 시선을 돌리는 사람도 있었고, 기가 막히다는 얼굴로 쳐다보는 사람도 있었다. 루팡이 쓴웃음을 지었다. 댄서는 스쳐 지나가는 미영의 손을 잡았다.

강기생이 미영을 보내주지 않겠다는 태세로 서 있었다.

"부끄럽지 않습니까? 결코 용서받지 못할 행동입니다!"

분노와 경멸을 담아 미영을 노려보는 강기생은 오른손 주먹을 왼손으로 꽉 누르고 있었다.

"나도 자부심을 가지고 살고 있습니다. 비켜주세요."

당당하게 계단을 오르다가 문학부 교수들에게 묵례했다.

문을 열고 로비로 나왔다. 뒤에서 닫힌 문틈으로 '졸업생들의 충성의 편지'를 읽기 시작하는 소리가 새어 나왔다. 건물 밖으로 나갈 무렵에는 브라스밴드가 늘 하던 노래를 연주하기 시작했다. 그 노래를 부르는 일은 두 번 다시 없으리라. 마음속으로 '온실'에 작별을 고했다. 졸업식은 끝난 것이다.

미영은 극장 마지막 줄에서 첫 공연을 바라보고 있었다. 이어폰을 사용한 일본어 동시통역도 문제없이 마지막 신까지 이어졌다. 무대조명이 어두워지는 가운데, 몇 개 민족의 언어로 동시에 속삭이는 동요의 가사가 극장에 퍼지며 배우들의 목소리가 사라져갔다.

암전. 짝짝…… 몇 명의 박수 소리.

미영은 관객의 반응을 가늠할 수 없어 호흡이 멈출 것 같았다.

몇 초 후, 작은 박수 소리가 갈채로 바뀌며 브라보! 하는 소리에 조명이 켜지고, 경쾌한 음악이 흘렀다. 배우들이 환하게 웃으며 경쾌한 발걸음으로 무대 중앙으로 나와 화답했다. 주연배우가 객석에서 연출가를 무대로 부르자 환성이 한층 커졌다.

무대를 향해 승리 포즈를 보내는 미영의 눈에 눈물이 번졌다. 흥분해서 펄쩍펄쩍 뛰고 싶은 심정이었지만, 아직 끝나지 않았다. 로비로 나온 미영은 절묘한 퍼포먼스를 보여준 동시통역사들에게 감사 인사를 전하려고 통역 부스로 향했다.

로비에서는 신문 잡지 등 각종 매체의 문화란 담당자와 연극 평론가 들이 감상을 나누고 있었다. 미영은 빈말이 아닌 호의적인 평이 많은 것을 감지하고 안도했다. 업계인들에게 바쁘게 인사를 돌린 다음, 로비를 뒤로하고 극장을 떠나는 사람들을 응시하고 있자니, 첫날 성공의 실감이 몸을 감싸기 시작했다.

톡톡. 누군가 어깨를 두드려서 뒤돌아보자, 댄서가 그녀의 아들과 함께 서 있었다.

"미영, 너무 좋았어. 순식간에 두 시간이 지나고 마지막엔 왠지 눈물이 났어."

"와줬구나, 고마워."

"신문 인터뷰도 읽었어. 가족 모두가 흥분했어. 정말 여태껏 열심히 했지. 신문 읽고 흥분했다니까. 공연이 끝나면 우리 집에 밥 먹으러 와! 좀처럼 만나질 못하니까 쌓인 이야기도 하고 싶고. 아, 여긴 우리 장남. 벌써 대학생이야. 둘째는 축구 연습이라서 못 왔어."

댄서는 두 아들의 어머니가 되어 있었다.

"중학생이었던 그 친구? 벌써 대학생이구나……."

코와 입매가 댄서를 꼭 닮은 청년의 모습에 따뜻한 기운이 울컥 올라왔다.

"대학 생활, 후회하지 않게 해. 주변 사람한테 맞추지 않아도 돼."

"네! 저, 와세다대 문학부라서요. 여러 나라 언어가 나오는 오늘 연극에 큰 자극을 받았습니다!"

장신의 친구 아들은 새하얀 치아를 드러내며 웃었다.

"학창 시절은 문제아 정도가 딱 좋아요. 그렇죠, 엄마!"

미영의 말에 웃음을 터뜨린 댄서는 종이봉투를 건네면서 아들과 함께 극장을 나갔다.

'집에서 밥 먹을 때 사용 바람. 부디 건강 조심해!'

종이봉투 메모 아래에는 손수 만든 반찬이 플라스틱 용기에 담겨 있었다. 우엉조림, 멸치볶음, 호박조림, 잡채, 청경채 김치. 뚜껑에는 귀여운 스티커가 붙어 있었다. 학창 시절부터 변하지 않는 친구의 배려가 마음에 스몄다.

종이봉투를 안고 스태프에게 말을 걸면서 대기실에 가려던 미영은 그림자에 가로막혀 멈춰 섰다.

"아, 죄송합니다!"

"축하해, 오랜만이야!"

귀에 익은 목소리. 눈앞에 선 사람의 얼굴을 올려다봤다.

"유?"

어색하게 서 있던 구로키 유가 끄덕였다.

"기억해줘서 다행이에요."

미영은 당혹과 감동이 뒤섞인 얼굴로 수줍게 미소 짓는 구로키 유를 바라봤다.

"지난달 예술 잡지에서 공연 기사를 보고 솔직히 좀 망설였는데…… 어제 신문 인터뷰 읽고 마음이 진정되지 않아서 당일권으로 왔어. 참 좋더라. 미영, 해냈네!"

"서서 봤어? 미안. 그래도 고마워."

"아니, 벤치 의자에는 앉았어. 서서 본 건 미영이잖아."

"어? 아아……."

무대를 지켜보는 자신을 보았구나. 부끄러웠다.

"오길 잘했다…… 이거, 작지만. 정말 축하해."

구로키 유가 작은 꽃다발을 내밀었다. 미영은 색색깔 아네모네를 바라보며 베를린의 갤러리에서 구로키 유의 작품을 발견했을 때의 감동을 떠올렸다. 3년 전, 연극 워크숍에 프로듀서로 참석하기 위해 베를린에 머물 때, 우연히 방문한 갤러리의 그룹 전시회에 구로키 유의 작품이 있었다. 오프닝 파티에 작가도 왔었다는 소리에, 스스로도 놀랄 만큼 아쉬운 마음이 들었던 사실이 기억났다.

바닥도 벽도 새하얀 작은 방. 천장 중앙에 강렬한 빛을 발하는 복잡한 디자인의 조명이 매달린 추상적인 작품이었다. 한동안 바라보고 있자니 그 조명이 다양한 물건으로 보이거나 여겨지는 것이 신기했다. 그 방에 있던 대학생 커플도 가만히 조명을 응시하거나 눈을 감은 채 빛을 쬐고 있었다. 자신도 모르게 베를린장벽의 시대를 모르는 대학생들과 구로키 유의 작품에 대해 이야기를 나누었다.

그 후에 페이스북에서 이름을 찾았지만, '친구 신청'을 하는 것도 우습다 싶어서 잊으려고 했다. 구로키 유가 창작 활동을 계속하고 있다는 사실을 알게 된 것만으로 행복했다.

"이렇게 만나는 게 몇 년 만이지? 평양에서 미영이 전화해 줬었잖아."

"그 전화…… 갑자기 미안했어."

"아니, 기뻤어."

할 말이 떠오르지 않았다.

하고 싶은 말이 너무 많아서 미처 형언할 수 없는 마음이 넘쳐흘렀다. 두 사람은 서로를 바라보며 미소 짓고, 눈을 잠시 돌렸다가 다시 마주 봤다.

미영을 부르러 온 스태프가 말없이 마주 서 있는 두 사람 앞에서 기다리고 있었다. 저기, 라고 스태프가 말을 걸고 나서야 미영은 간신히 눈치챘다.

"미안해. 나 대기실에 가야 해서."

"아, 응. 바쁜데 붙잡아서 미안해. 난 이만."

"와줘서 정말 고마워. 꽃까지."

"그럼…… 안녕."

뭔가 하지 못한 말이 있는 듯했지만, 구로키 유는 로비를 나섰다. 그 뒷모습을 멍하니 보고 있으니 후회라는 두 글자가 떠올랐다. 미영은 로비를 뛰쳐나갔다.

"유, 기다려!"

극장을 나서 걷기 시작하던 구로키 유가 서둘러 멈춰 섰다. 미영은 종이봉투와 아네모네 꽃다발을 들고 그에게 달려갔다.

"저기……."

"……?"

"지금 만날 수 있어?"

"어?"

"하하, 이상하지. 지금 이렇게 만나고 있는데."

"그러네. 나는 괜찮은데."

"갑자기 미안."

"처음 혼야라도에 갔던 날도, 미영, 전화로 그렇게 말했지."

그랬나, 하고 얼버무렸지만 미영 역시 기억하고 있었다. 시모키타자와의 공중전화가 떠올랐다. 구로키 유가 기억하고 있다는 사실에 가슴이 뜨거워졌다.

"저기, 조금만 기다리면 지금부터 대기실에 갔다가…… 얼마나 걸릴지 모르지만 유가 만약……."

"기다릴게. 시간은 신경 쓰지 마."

"고마워. 그럼 저기 보이는 주차장 맞은편에 빨간색 문 바가 있거든. 거기서 봐."

"알았어. 거기서 기다릴게. 천천히 마치고 와."

"고마워. 그럼 이따 봐."

최대한 서두를게! 하면서 미영은 종이봉투와 아네모네를 흔들면서 손 인사를 했다. 극장 로비로 들어가기 전에 방향을 틀어 구로키 유를 향해 외쳤다.

"유! 그 가게, 과일 칵테일이 맛있어!"

구로키 유가 오케이 사인을 보냈다.

대기실에서 나와 구로키 유가 기다리는 가게로 향했다.

가슴 깊숙한 곳에는 약간의 긴장. 기대도 불안도 없었다.

그때보다는 자신의 언어로 말할 수 있을 것 같았다.

오늘은, 미영도 찢어진 청바지를 입고 있었다.